精彩启迪智慧丛书

他挽救了伦敦

颜煦之 ◎ 主编

台海出版社

图书在版编目（CIP）数据

他挽救了伦敦：战争故事 / 颜煦之主编． —北京：台海出版社，2013．7

（精彩启迪智慧丛书）

ISBN 978-7-5168-0178-9

Ⅰ．①他…Ⅲ．①颜…Ⅲ．①故事—作品集—世界Ⅳ．①I14

中国版本图书馆CIP数据核字（2013）第132688号

他挽救了伦敦：战争故事

主　　编：颜煦之

责任编辑：孙铁楠
装帧设计：视界创意　　　　　版式设计：钟雪亮
责任校对：向佳鑫　　　　　　责任印制：蔡　旭

出版发行：台海出版社
地　　址：北京市朝阳区劲松南路1号，　　邮政编码：　100021
电　　话：010—64041652（发行，邮购）
传　　真：010—84045799（总编室）
网　　址：www.taimeng.org.cn/thcbs/default.htm
E-mail：thcbs@126.com

经　　销：全国各地新华书店
印　　刷：北京一鑫印务有限责任公司
本书如有破损、缺页、装订错误，请与本社联系调换

开　　本：710×1000　　1/16
字　　数：178千字　　　　　印　　张：12
版　　次：2013年7月第1版　　印　　次：2021年6月第3次印刷
书　　号：ISBN 978-7-5168-0178-9

定价：29.60元

目录 MU LU

前言 QIANYAN

　　这套丛书，是供青少年朋友课外阅读的。1000多篇故事，分门别类，篇篇精彩。这些故事，或记之于史册，或见之于名著，或流传于口头。编著者沙里淘金，精益求精，从中挑选。有的以历史事件为依据，加以整理；有的以世界名著为蓝本，加以编写；有的以民间传说为素材，加以改编。每篇故事1000余字，由专业作家和写故事的高手执笔，力求语言通俗，篇幅简短，情节丰富，适合青少年朋友阅读。

　　这里有惊险故事：冒险、历险、探险、遇险、抢险、脱险……险象环生，扣人心弦。这里有战争故事：海战、陆战、空战、两栖战、电子战、攻坚战、防御战、游击战……声东击西，出奇制胜，刀光剑影，短兵相接，其残酷激烈，使人居安思危，警钟长鸣。这里有间谍故事：国际间谍、商业间谍、工业间谍、军事间谍、双重间谍……敌中有我，我中有敌，真真假假，以假乱真，间谍与反间谍的斗争，昏天黑地，扑朔迷离。这里有传奇故事：奇人、奇事、奇景、奇物、奇技、奇艺、奇趣、奇迹……奇风异俗、奇闻轶事、奇珍异宝、自然奇观，令人目不暇接，大开眼界。这里有侦探故事：奇案、悬案、冤案……在神探、法医、大律师、大法官们的侦察、分析、推理下，桩桩疑案，终于大白于天下，罪犯都被绳之以法。这里有灾难故事：天灾人祸、山崩地裂、洪水漫野、飞蝗满天、瘟疫流行、政治谋杀、宫廷政变、劫持人质……在这些自然和人为的灾难中，涌现出一批英雄豪杰，他们舍生忘死，力挽狂澜，令人起敬。这里有武侠故事：大侠、神侠、女侠、飞侠……飞檐走壁，武艺高强，他们伸张正义，赴汤蹈火，为民除害，令人扬眉吐气，心里痛快。这里有智慧故事：记录了古今中外思想家、政治家、军事家、企业家、教育家、科学家、艺术家，以及千千万万平凡人物的聪明才智。这里有动物故事：写出了人与动物间的情谊和恩恩怨怨，诉说了人类对一些动物的误解与偏见，也写出了动物的生活习性，写出了动物间的生存竞争，表达了人们爱护动物、善待大自然的美好愿望。这里有科学故事：科学试验、科学发明、科学发现、科学探险……写出了古今中外大科学家们的科研经历，写出了他们为人类文明和社会发展所做的不懈努力，颂扬了他们的丰功伟绩。

这1000多篇故事，向广大青少年朋友展示了海洋、沙漠、丛林、沼泽、冰峰、峡谷、太空、洞穴等大自然的奇异景象和神秘莫测。这些故事，写出了恐惧、孤独、饥饿、寒冷、酷热、疾病、伤残……这些人类难以忍受的苦难。这些故事，向青少年朋友介绍了战场、商场、议会大厅、密室……这些地方所上演的一幕幕悲剧、喜剧或闹剧，展示了正义与邪恶的较量、正义战胜邪恶的经历。这些故事，表现出人的智慧和勇敢，颂扬了人的意志和力量。

这1000多篇故事，为青少年朋友塑造了许多有血有肉、可歌可泣的英雄形象，他们在这些故事中所表现出的聪明才智和顽强毅力，能使广大青少年朋友开阔视野，学到知识，增长才干。他们那种不畏艰险、一往无前的精神，更能给广大青少年朋友增添拼搏的勇气和人格的力量。

他挽救了伦敦

二战发生的第五年，德国在各地战场处处失利。为了挽救败局。德国决定兴建一个火箭基地，基地建成后，他们要向英国发射五万枚火箭，企图一下把英国首都伦敦夷为平地。

法国人弗兰德得知了这个消息后，心里非常着急，他不知道这个消息是否准确，如果准确，那伦敦可就要遭殃了。"我一定要弄到基地的地图，告诉英国人德国鬼子的计划。"弗兰德暗暗下了决心，他化装成一个天主教慈善机构的代表混进了正在法国和瑞士边境施工的劳工队伍。在劳工队伍中，他向别人打听这项工程是干什么的，可那些劳务工也不知道，这就更引起了弗兰德的疑心。正当他在仔细看数百名工人正在浇铸一个混凝土槽时，德国士兵对他起了疑心，一个德国鬼子冲他举起了枪，大声喝斥道："喂，你是干什么的？"

弗兰德赶紧装出低三下四的样子，举起双手，低着头，向德国鬼子走去。走到德国人跟前，他忙从口袋里掏出了身份证明，声音颤抖地说："我是一个灯火制造商，我到这儿来是伐木的！"

德国士兵可不理弗兰德这一套，根本不和他说话，而是用枪托砸在了弗兰德的腰上。把弗兰德砸伤后，德国士兵便不再和他啰唆，一扭头走了。

弗兰德在工地附近转了几天，一无所获。有天也巧，他碰到了一个从基地出来的人，这个人叫安德烈。安德烈满脸愁云，似乎非常需要帮助，一问，弗兰德知道安德烈的母亲正病重，急需一笔钱。于是，弗兰德把身上所有的钱拿给了安德烈，让他快去给母亲治病。安德烈万分感激，他要为弗兰德做一点事。

"我要你做的事很简单，你能帮我弄张基地的设计图吗？"

安德烈一听弗兰德提出了如此的要求，吓了一跳，结结巴巴地说：

"那张图在德国人手里，我连看都没看过。"

弗兰德皱了皱眉头："那你有没有什么办法……"没等弗兰德说完，安德烈就把头摇成了拨浪鼓："这事你最好找别人，我家里有老婆孩子，万一出了事，我怎么向他们交待！"

看着安德烈一脸害怕的样子，弗兰德露出了鄙视的目光："等德国人统治了世界，你还想过好日子，简直是做梦！这样吧，我也不要你帮多大忙，把你的蓝色通行证借给我，顺便再给我讲讲里面的情况！"安德烈答应了。

弗兰德进入了戒备森严的德军秘密基地。他先是观察了几天，发现德国人的设计图就放在工程师的办公室里，由两个德国工程师轮流看守，每天早上那个惟一看守的德国人都要在九点钟去厕所。这可是个机会，这天上午，弗兰德趁工程师上厕所之际，溜进了办公室。真巧，那张设计图就摊在桌上。弗兰德按动手里的微型照相机，当他拍完最后一张时，工程师进来了。他一见弗兰德就大声喝斥他，问他是干什么的。弗兰德摆出一脸镇静的样子，说自己是替安德烈来请假的。

一听弗兰德这么说，工程师相信了。就在工程师一转身的时候，弗兰德从怀里掏出匕首，狠狠刺进了工程师的胸膛。趁着还没被德国人发现，弗兰德只想逃出基地。弗兰德先找了一个地方藏了起来，到晚上他才敢出来。趁着夜色的掩护，弗兰德来到了边境，德国兵把边境线上的树木都给砍光了，并在中间竖起了一道铁丝网。

弗兰德撒开两腿向边境跑去，谁料他刚到边境上，一条狼狗咬住了他的腿。弗兰德忍住巨大的疼痛，抬起腿，踢向狼狗。狼狗猛地朝后一退，嚎叫着翻倒在地，他也随之滚了下去。

没等弗兰德起身，狼狗又扑了上来。绝望中，弗兰德看见铁丝网旁边有一根木桩，他跃起来折断木桩，使劲将木桩插进了狼狗的喉咙，狼狗嚎叫着逃走了。狼狗的嚎叫引来了德国士兵，他们端起枪，向弗兰德射击了起来。子弹呼呼地从弗兰德头上掠过，弗兰德顾不了那么多了，他只管拼命往前跑，终于逃过边境。

这时，瑞士巡逻兵出现了，他们向德国士兵开枪还击，而弗兰德则被巡逻兵送进了英国情报站。

凭着弗兰德带回来的资料，一个星期后盟军的飞机开始轰炸德国人的火箭基地，并成功地摧毁了德军的计划，挽救了英国伦敦。

最后的武器

1940年2月的一天晚上，英国特种部队少校米切尔率领一个小分队，潜入位于比利时奥斯坦德大峡谷的机场，准备摧毁德军的这个战略机场。

但是，当他们在机场安置好定时炸弹，安全撤离后，却遗憾地发现，那三颗定时炸弹竟是三颗"臭弹"！更遗憾的是，在安全撤离后，为了平安地绕道返回英国，他们已将武器全部扔入大峡谷。

米切尔少校和同伴们坐在峡谷旁的一个悬崖上，失望地眺望着远处的飞机场，不知下一步该怎么办才好。

大峡谷机场十分隐蔽，一般轰炸机是无法摧毁它的。德军的飞机大部分停在山洞里，跑道又很短，飞机的起落主要靠峡谷里的上升气流。这里到英国本土的航程，只比设在法国加来的机场距离稍远一点，但安全性却比英国眼皮底下的加来地区强几十倍。因此，这里是英国国防部真正的眼中钉。

米切尔想，如果把责任推到定时炸弹上，他们一行完全可以绕道回到故乡去。但不拔掉这颗眼中钉，说不定哪一天它会成为毁灭故乡的灾星。因此，他建议伙伴们考虑从悬崖上袭击出入大峡谷的飞机，以造成飞机坠毁、引爆飞机场的结果。

战友们认为成功的希望很小，但仍不失为出一口恶气的办法。用什么东西来袭击飞机呢？光秃秃的悬崖上连小一点的石块也找不到，附近又没有村庄，怎么办呢？

米切尔指指干粮袋说："用土豆，它比石块还轻一点，光溜溜的，一定能扔得很远。"

这些土豆是他们准备的穿越比利时和荷兰的边境森林时的干粮，失去它们，对突击队员们的生命是一种威胁。

但是，队员们一致同意了。他们说，不管成功与否，穿越森林时，

他们能再捡石块打野兽，现在，这"最后的武器"，必须投向罪恶的法西斯！

米切尔少校将土豆平均分给突击队员们，他们一行人悄悄潜伏在悬崖突出的岩石后面，静静地等待黎明的到来。

突然，大峡谷机场传来阵阵刺耳的警报声，一时间，机场出入口枪声大作，探照灯把各处通道照得如同白昼。

米切尔低声对同伴们说："一定是机场警卫发现了定时炸弹！说不定，他们会来搜索山林。你们看，该怎么办？"

突击队员们都有同感，但都不愿意轻易放弃这最后的努力。米切尔看了下夜光表，这时离原定的爆炸时间已过三个小时，就果断地说："时间对我们很有利：德军发现定时炸弹的时间太晚了，可能认为我们已逃远了，不会再大规模搜山，我们可以再等待机会。"

但是，不一会儿，附近的山林里又传来了断断续续的枪声，夜空中还隐约传来了德军搜索队的喊声。

米切尔轻轻告诉同伴："万一有德军靠近，先干掉他一两个，尽量不要弄出声音。"

两个身强力壮的突击队员立刻潜伏到上悬崖的必经之路旁，准备随时对付前来搜索的德军。不过，德军搜索队只是在山脚下虚张声势一阵，不久又回到大峡谷机场上了。

米切尔少校松了一口气，召回那两名队员，大家原地休息。

东方终于露出鱼肚白。突击队员们悄悄爬近悬崖上突出的石块附近，选择好攻击位置，随时准备用土豆袭击德军的飞机。

米切尔少校说："放过第一架飞机，袭击第二、第三架！"大家立刻点点头，他们知道，德军一般总是五架飞机陆续升空，编队外出执行任务的。

不多一会儿，机场那儿传来了飞机发动机声。很快，一架飞机靠着大峡谷上升的气流，在突击队员们的眼皮底下成功地飞上了蓝天。

当第二架飞机冲出跑道，飞近悬崖时，米切尔少校喊了一声"打"，十名突击队员手中的土豆立刻朝斜下方的飞机猛砸过去。

不知是土豆砸中了德军飞机的螺旋桨，还是德军飞行员被这突如其来的袭击吓坏了，飞机突然歪歪斜斜地摇晃起来，猛然一个拐弯，像要在机

场紧急迫降。

但是，第三架飞机又升空了。米切尔少校又让战友们投出"最后的武器"，吓得那架飞机也掉头向机场飞去。

这两架飞机的飞行，已完全失去了大峡谷上升气流的庇护，只听得轰轰两声巨响，飞机坠毁了，机场立刻被连续不断的爆炸和浓烟吞没了。

米切尔少校笑着对同伴们说："咱们从森林小道绕到荷兰去吧，从你们的投掷水平看，我相信，大家是不会饿死的。"

"沙漠之狐" 施狡计

　　1941年，意大利法西斯侵略军在北非战场节节败退，两个月中，被英军歼灭了十个师，法西斯阵营在北非的地盘几乎丧失殆尽。这种极端被动的局面震惊了柏林，于是，德国最高统帅部按元首指示，派隆美尔担任非洲军团军长，前往援救岌岌可危的意大利军队。

　　这真是"你方唱罢他登场"，北非这块战场上，即将换上新的主角。新旧交替之际，难免出现因为力量的重新组合而停战休整的局面。在这种北非无战事的局面中，隆美尔带着精锐的第五战军团，率先来到了北非，把大部队留在意大利做进军北非的最后准备。

　　隆美尔进非洲，并没有引起英国人的充分重视。他们知道隆美尔只带了一个团，大部队还在地中海那边，意大利人也只有一个师的兵力，而且还是败兵。对今后北非形势的变化，英国人是有心理准备的，正因为北非将出现激烈的战斗，他们才要抢在德国人来到之前，做好必要的休整和调动。

　　因此，隆美尔刚进北非时看到的情况，是英国王牌第七装甲师已东撤埃及，进行休整和补充；澳洲第六师也由人员不足的第九师换防，第九师的一部分兵力因为补给困难，尚未到达。过了几天，英军第二装甲师才从埃及开拔到前线地区，但只到了一半人。

　　隆美尔知道，掌握敌情，做到知己知彼，是作战的首要任务，他提前到北非来，也是为了收集情报。现在，情况已经查清，剩下的就是如何抓住战机，下决心打胜战役了。

　　一个出色的指挥员决不能跟自己的敌人抱着一样的看法。英国人之所以敢匆匆调兵遣将，置防线于不顾，是因为他们认为，隆美尔带来的兵太少了，决不敢贸然行动，等德国兵渡过地中海，集结到前线，那时三个月已经过去，英国军队也已经休整结束。隆美尔与英国人的想法恰恰相反，

他没等德军全部到达，立即组织了进入北非的第一次战役。

按隆美尔的计划，要把德国战车团与意大利那个师混编成一个纵队，专门找英国军队与澳大利亚部队的结合部发动进攻，这种地区应该是敌人防线最薄弱的部位，互不了解的两支部队绝对无法建立共同的防线。

但是，即使是有机可乘，隆美尔也感到自己的力量太薄弱了。战役要求他把精锐的德国战车集结起来，握紧拳头，冲击一点，突破英军防线。但是，战车集中了，其他战区力量就太薄弱，意大利人是惊弓之鸟，根本经受不住英国人的反击，况且，集中坦克的行动，绝对瞒不过英军的侦察机，一旦计划被英国人发觉，势单力薄的德意混合纵队，就会变成英国人逐个击破的目标。

怎样才能瞒过英国人，偷偷把自己的坦克集中到主攻阵地上来呢？隆美尔与自己的情报官员作了一次大胆的尝试，以假乱真，迷惑英国人。

于是，在双方对峙的战线上，到处出现德国人的坦克，仿佛德国人真的跟意大利人混合为一体了。但是，白天送给英国侦察机飞行员看的德国坦克，实际上是假货，是隆美尔用汽车改装的。汽车四周罩上了木板，涂上漆，罩上伪装网，再让德军的铁十字标志和长长的炮筒暴露在阳光之中，汽车便变成了坦克。到了夜晚，第五战军团的坦克却偷偷地朝前挺进，一步步接近了突破口地区。

英国人确实发现了德国坦克的异常情况，飞行员们的侦察报告反映出，德国人的坦克数量跟团的编制不符，数量明显超出。但是，英国情报官的分析却帮了隆美尔的忙，他们认为，作为一军的最高指挥，隆美尔提前来到北非，多带些战士是可以理解的。

况且，隆美尔摆出的是全面防御的架势，他信不过吃了败仗的意大利人，把自己的坦克分布到全部意大利部队中去，正是固守阵地。错误的情报是隆美尔提供的，德国的情报官出色地做到了这一点，而导致失败的，主要还是英国情报人员的错误。

1941年的3月下旬，在英国人万万料想不到的地点，隆美尔集中了大量装甲力量，突然对英澳联军发动了猛攻。还蒙在鼓里的英军看到德军仿佛从沙漠里钻了出来，无法组织有效的抵抗，一下子后撤了450英里。沙漠的水源地、飞机场全部落入了隆美尔手中。

英军于年初好不容易创下的大好形势，在隆美尔的第一轮攻势之下丧

失殆尽。整个英军防线一下子乱了套，只想在梅尔沙隘道组织新的防线，以阻挡隆美尔的进攻。

按理说，经过450英里的进军，隆美尔应该守住已取得的成果，等待援军来到，再发动新的进攻。但是，隆美尔早派人侦察了当地的地形，知道梅尔沙隘道本来没有防御工事，隘道外面却水源不足，也不容德军久留。事情到这个份上，隆美尔只有趁英军立足未稳之机，连续发动进攻，才能变被动为主动。

这第二仗又大出梅尔沙英国守军的意料，仗只打了一天，梅尔沙隘道失守。第二天，隆美尔又乘胜追击。

由于隆美尔擅长灵活作战，又常常施出狡计，屡次打得英军大败而逃，所以被称为"沙漠之狐"。

冰舰奇迹

1941年秋季，德国法西斯为了尽早夺取第二次世界大战的胜利，攻克大不列颠岛这座反法西斯的坚强堡垒，在北海向英国发动了一次又一次海战，企图彻底摧垮英国海军，然后在英国本土登陆作战。

英国战舰奋力回击，打退了德国军舰的一次次进攻。但是，在激烈的海战中，英国损失了半数以上的舰艇，如不及时补充，将难以对付德军凌厉的攻势。

这一天，英国海军部召开了最高长官会议，海军司令下了死命令：必须在两个月内造出五艘军舰。这个期限太紧迫了，别说在修复任务繁重的战时，就是和平时期，半年也完不成呀。

海军将领弗瓦特站起来对司令官说："要在这么紧迫的期限里完成您的任务，只能靠奇思异想。您允许吗？"

海军司令官点点头说："当然允许。这个期限不是我给的，是希特勒给的。他们的海军也在喘息休养。据可靠情报，两个月后，他们将发动更猛烈的进攻。"

弗瓦特说："给我五天时间，我会拿出成熟的方案的。"

第二天，弗瓦特来到海军造船厂，找到了少年时的同学、造船厂工程师阿加尔。他们都喜欢幻想，又敢于将幻想付诸试验，因此，他俩曾共同拥有几项专利发明。如果不是弗瓦特上了军官学校，他也会成为一名出色的工程师的。

阿加尔听了那紧迫的期限后，点点头说："如果没有奇思异想，接这任务就等于自杀！不过，幸亏从现在到两个月后，都是隆冬季节，我想，你是想跟我一起制造五艘冰舰吧？"

工程师的想法竟跟海军将领不谋而合，弗瓦特紧紧拥抱住这位老同学，兴奋地说："对，冰能浮在水上，冬天，又太容易制冰了，更何况，

补起窟窿来也极容易！"

阿加尔接着补充说："也不需去筹集大量的钢板，只要有水就能造船了！"

他们谈了三天三夜，在第五天早晨，终于拿出了冰舰的设计图纸。这些设计图被送到海军司令官面前，经高级专家们论证后，居然被批准采用了。当然，司令官另外下了一道命令：在紧急建造冰舰的同时，加紧建造正规的海军舰艇。弗瓦特将军被授命全权督造这五艘特别舰船，一切消息严格保密。

阿加尔调来了英国本土所有的大型制冷机，在滴水成冰的严寒季节，仅用了一个半月，就造成了五艘大型冰舰。冰舰因浮力比实际的战舰大，配备的火炮也增多了，海军司令带领专家细细检查了三天，认为超过了设计要求，可以马上投入战斗。

半个月后，德国海军果然又发动了海上大战。他们认为，英国军用物资严重匮乏，绝不可能恢复海军作战能力。但是，出乎意料，五艘雪白的巨型战舰像五把利斧，向他们狠狠砍来。没等英国的冰舰驶近，德军战舰就慌了阵脚，轰轰轰地胡乱开炮。

冰舰一号和冰舰二号紧紧咬住德军军舰"威廉皇帝号"，用猛烈的炮火打得它无还手之力。很快，"威廉皇帝号"上起火了，弹药库也发生了爆炸，眼看就要被击沉。

德军其他舰艇见主力舰受到重创，急忙赶过来，把火力都倾泻到冰舰一号和冰舰二号上，两舰多处中弹。但使德国人感到百思不解的是，两艘英国巨舰中弹后并不起火，反而很快就被修复，一点也没影响战斗力。

原来，冰舰被打穿后，修理人员及时使用制冰机和水，迅速补好洞口，冰舰又恢复如初了。那些穿甲弹本可引起燃烧和爆炸，但被冰水降温后，竟一点作用也起不了。

相反，冰舰一号、冰舰二号和其它三艘冰舰在击沉了德军巨舰"威廉皇帝号"后，又接连击沉了两艘德舰，其它三艘被击伤的德舰只好开足马力，仓皇逃跑了。

很快，希特勒得到报告：英国有了五艘白色巨舰，它们是炸不烂击不沉的海上怪物。法西斯战争狂人再也不敢发动海上大战了。

春暖花开后，这些"海上堡垒"在英国海军造船厂的船坞里自行融化了。但弗瓦特和阿加尔的这一创举，却永远被载入世界海战史册。

锯末行动

1943年2月的一天晚上，英国雄鹰突击队队长皮埃尔被秘密接到丘吉尔首相办公的防空地堡内。首相亲自为他点燃了一支粗大的雪茄，把他带到一幅军事地图前，指着挪威的一片林区说："这片密林中掩藏着德国人的战略秘密——希特勒在这里建造了一家重水工厂，它提供制造原子弹的原料，如果原子弹试制成功，足以将英伦三岛炸沉到大西洋底下去！"

皮埃尔马上领会了首相的意图，接口说："我们会将重水工厂变成一堆锯末！"说罢，他将吸剩的雪茄用手指一搓，掌心就出现了一滩烟末。丘吉尔点点头说："好吧，炸毁重水厂的行动就叫'锯末行动'，尽快完成！"

五天后，六名准备就绪的雄鹰突击队员在队长皮埃尔的带领下，神不知鬼不觉地空降到重水工厂附近的密林里。大家将降落伞藏匿好，又检查了一遍装备，皮埃尔就命令大家潜伏到公路附近，以便截获为重水工厂运送锯末的卡车。

原来，皮埃卡和一群情报专家早就研究过重水工厂的情况，发现厂区戒备森严，惟一能利用的机会就是乘坐为工厂运送锯末原料的卡车混进去，除此别无选择。因此，丘吉尔首相一提到重水工厂，他就提到了"锯末"。

很快，一棵靠近公路的松树被他们砸倒，连同一些乱石块横堆在公路上，很像是滚石造成的阻塞。正当两名运送锯末的德军汽车兵咒骂着清除障碍时，突击队员们扑上来，把他们解决了。不一会儿，两名化装成德军的突击队员就坐进了驾驶室，皮埃尔和另外三名队员钻进锯末堆，一齐朝重水工厂进发。

卡车顺利地驶进了厂门，但到了生产基地的地道出入口，却马上遭到拦阻。一个德军卫兵喊道："喝醉了吗？锯末不放在那里！"

皮埃尔在锯末堆里听得明白，立刻呼地钻出来，两枪击毙了两名卫兵。另外三名突击队员也从锯末堆里钻出来，用冲锋枪消灭了地道内侧的几名德军卫兵。一名纳粹军官一面射击，一面朝附近的警报器靠近。皮埃

尔知道,如果警报拉响,他们的处境将十分危险,于是就从卡车上朝纳粹军官飞扑过去,把他压在身下,一刀结果了他的性命。

这时,卡车在基地中央停住,突击队员们立刻从锯末堆里取出几枚高效定时炸弹,迅捷地安装在大型重水提纯器的机座下面。

皮埃尔正要下令乘车撤退,一名躲得很隐蔽的纳粹少校猛地扑向另一台警报器,拉响了警报,但当他正要按动关闭地道口铁门的按钮时,皮埃尔一枪结果了他。

这时,地道外的德军守兵已经占据了左右两个制高点,机枪在地道口交织成一道火网。皮埃尔对驾驶卡车的突击队员说:"按突围计划行动!"驾驶员点点头,猛地踩下了油门。

眨眼间,卡车风驰电掣般冲出地道口,直往工厂大门冲去。德军的机枪、手雷也飞了过来,卡车的两个前轮立刻被炸飞了,卡车上的锯末堆里也一片血肉模糊。

正当德军守兵要欢呼他们的胜利时,皮埃尔和突击队员们出现在他们身后,一阵扫射,把他们打得鬼哭狼嚎。原来,冲出去的是一辆没有突击队员的卡车,车上被炸烂的是几具德军卫兵的尸体。

德军的增援马上补充上来,火力猛得使突击队员们无法在射击口露脸。皮埃尔立刻对围坐在护墙下的突击队员说:"这幢楼与东边的三幢楼连接,从火力上判断,那三幢楼是办公楼,没有德军守卫。我们应该穿过那三幢楼,从最东边的那幢楼跳到工厂围墙上脱身,窗口离围墙只有一米五。"队员们纷纷点头,向东边的楼道跑去。

这时,受到重创的德军指挥官已丧心病狂,他猜到了英军突击队的撤退意图,立刻命令用火焰喷射器将那三幢楼变成一片火海。

火浪翻滚,阻挡不住突击队员的步伐。他们拉下早已准备好的防火罩,穿过火海,来到最东边的大楼顶上。这时,有几名受命前来阻击的德军也从消防梯爬了上来,但都被突击队员的飞刀一一解决了。皮埃尔带头跳上围墙,又轻捷地落到围墙外的地上。大家刚隐蔽好,两辆前来增援的德军摩托车远远赶来,突击队的神枪手立刻把他们打了个措手不及。

两辆摩托正好乘坐六名突击队员,皮埃尔望着伪装成德军的突击队员,笑着下令撤离。

在他们身后,一声巨响,希特勒下了大赌注的重水工厂化成了一团燃烧过的"锯末"。

拦截“巨蛇”

1943年8月，第二次世界大战进入了一个十分微妙的阶段。希特勒为了打破僵局。派出以弗姆尼少校为队长的巨蛇突击队，潜入英国本土，企图袭击剑桥大学，并杀害准备在那儿演讲的丘吉尔首相。

弗姆尼少校一伙空降到英国本土后，在丘吉尔首相举行剑桥演讲的当天凌晨，袭击了一列火车，全体巨蛇突击队员乘上列车，急速向剑桥大学方向驶去。他们知道，按照丘吉尔的脾气，他是不会取消演讲计划的，只要火车抵达剑桥大学，他们将跟这位世界闻名的铁腕人物面对面地作战，并把他消灭。

列车急速向剑桥方向飞驶。

这时，丘吉尔首相已接到德军突击队袭击的情报。果然，他断然拒绝取消演讲的计划，对担任警戒的特种部队司令霍尔说：“演讲是我的事，拦截‘巨蛇’是你们的事。演讲准时在8点钟进行！”

离开始演讲的时间只剩40分钟了，不能将首相的卫队派出去拦截，这样很可能中敌人的调虎离山计。霍尔略一沉思，决定调动特种部队的两架战机前去拦截巨蛇突击队。

电话一接通，随时待命的两架战斗机就飞上蓝天，直朝目标扑去。很快，机长托尼就发现了那条在铁路线上狂奔的“巨蛇”，他刚传出“发现目标”的命令，列车的好几个窗口就向上吐出了凶恶的火舌。德军连重武器也使用上了，看来，他们早有对付飞机的准备。

托尼检查了一下飞行高度，向僚机命令道：“单机正面攻击，我先下去！”说完，他就驾着战斗机俯冲下去，在高度250米处，他射出了一串串机关炮，其中一颗炮弹打飞了火车的半只烟囱。可惜的是，火车正处在弯道上，大部分的弹药都浪费了，那条“巨蛇”还在一面疾驰一面喷吐火舌。

弗姆尼少校见英国飞机采取正面俯冲攻击的战术，立刻带领几名纳粹

突击队员冲上车顶，架起两挺重机枪，迎着俯冲下来的飞机猛烈射击。这一射角的改变，使飞机被击中的危险增加了几倍。

托尼机长立刻命令僚机改变攻击角度，他喊道："我们都做S形飞行，攻击列车的侧面，我的俯冲低点降低200米，你降低100米！"说完，他驾驶战斗机绕到列车侧面，突然俯冲下去，机身几乎擦着铁路旁的树梢，轰轰轰发出一连串机关炮，击中了两节车厢。僚机紧跟在后，比托尼的战斗机稍高100米发动攻击，一时使纳粹重机枪手来不及调整瞄准高度。轰的一声，一节车厢又被击中了。

弗姆尼少校恼羞成怒，疯狂地喊道："除了司机，全部给我上车顶！"刹那间，20名纳粹巨蛇突击队员全部爬上车顶，举着轻重武器，从各个角度迎战英国战斗机。

弗姆尼少校的这一招果然十分险恶，托尼的僚机右侧机翼马上挂彩，飞得歪歪斜斜的。托尼果断命令道："沿着铁路线返回基地，顺便猛炸铁轨！"

僚机驾驶员立刻贴着铁路线飞回去，顺路把机上的炸药全部倾泻下去。当托尼听到报告说"已炸毁一段近10米的铁轨"时，高兴得几乎要从座位上跳出来，他一面发射机关炮，一面喊道："毒蛇，看你还能疯狂多久！"

但是，托尼马上又接到报告：那段炸毁的铁路离剑桥大学只有5分钟行程，司令部要求他千方百计炸毁列车，消灭巨蛇突击队。

托尼沉思了一下，趁着德军又射出一连串重机枪弹，突然把飞机的烟雾装置开启，同时使机翼上下摇晃，造成飞机被命中要害的假象。接着，他让飞机拖着长长的黑烟尾巴，向高空中飞去。

这时，仰卧在列车顶上射击的德军突击队员都放声大笑起来。弗姆尼见飞机完全在视野里消失了，就命令突击队员全部回到车厢里去，做好向剑桥最后冲刺的准备。

但是，就在此时，托尼机长又从高空中俯冲下来了，他毅然关掉全部飞机引擎，悄无声息地俯冲下来。就像雄鹰要抓获毒蛇那样，托尼的战斗机飞得几乎能碰到火车那炸剩的半只烟囱了！

当驾驶火车的德军突击队员发现头上像是压下一大块乌云时，猛烈的爆炸声响起来了。托尼机长几乎用光了他的全部弹药，那条恶毒的"巨蛇"，终于被炸烂了。

伪装的战场

进入1944年，西线战场正酝酿着一件大事，根据世界反法西斯战线的协定，英美联军将开辟第二战场。盟军的第二战场究竟在哪里呢？不仅反法西斯阵营每一个国家都关心，就是德国法西斯指挥总部也千方百计地想知道，因为他们想作最后的垂死挣扎。

在驻法德军的总指挥部里，正展开着一场激烈的辩论，争论的焦点就是，盟军究竟会选择哪一处海滩登陆，从而开始实行第二战场的计划。

绝大多数德国将军都认为，盟军的登陆点一定在敦刻尔克。加来海峡是英伦三岛与法国距离最近的地方，无论从火力支援和后续部队挺进的角度看，这是个最理想的登陆点。想当初，大批英国部队在法国沦陷之后，撤回英国本土，走的就是这条路。他们对这一带地形熟悉，作战起来比较方便。何况，固执而又十分要面子的英国皇家指挥官，一定会在敦刻尔克挽回当初他们丢尽了的脸面。因此，德军重点防御应该放在这里。

正当德国将军们准备转入如何设制防线的讨论时，一直沉默着的冯·封德尔将军，这位一直因为喜欢标新立异而不讨统帅部欢心的少壮派，突然提出了自己截然不同的看法。

封德尔伸出手中的木棍，在墙上巨大的地图上量了量，说："从敦刻尔克到巴黎的距离，是诺曼底海滩与巴黎间距离的两倍。假如我是盟军的统帅，我一定会考虑到这个巨大的差别，把登陆点定在诺曼底。"

封德尔的奇谈怪论根本没有引起在座其他将军们的注意，他们认为诺曼底这地方缺乏登陆部队必需的条件，拉芒什海峡又宽，风浪又大，谁也不会选择这种鬼地方开辟战场。

但是，警惕的盟军参谋部在探知德军这次争论后，立即组织了一次特殊的情报战，因为他们的作战计划中，登陆地点恰恰选在诺曼底，必须让德军的注意力集中在敦刻尔克。

新的一年的春天刚刚降临英伦三岛，法国加来对面，从马盖特到多佛尔之间，广阔的海滩地区立刻热闹起来。一道道电文传送到这个地区，受指挥队伍的番号五花八门，几乎包括了盟军最精锐的部队，让监听盟军电讯的德国侦听电台疲于奔命；每当夜幕降临，长长的运输车队穿梭般行驶在这一带的公路上；附近的每一个小镇，都设立了军人服务站；警戒线一天天扩大，尤其在沿海地区，任何没有特别通行证的人，绝对不许进入警戒区。

其实，这一切活动，都是英军的一支特别情报部队组织策划的。空中的电波，除了他们以外，其他部队不会当真；晚上的汽车队，只不过是每天换个车牌，到公路上兜一个圈子而已；警戒线倒是真的，哨兵们却接受了一道特殊的命令，偶尔让一两个形迹可疑的人进入禁区，决不追究任何责任。

特别情报部队的一支工兵团却日夜地忙碌着。他们认真地挖着掩蔽部，构筑远程火炮的阵地，铺设直通港口和滩头阵地的公路，而且都是可行驶坦克的高等级路面。

工程进度真快，没多久，在这片本来荒凉不堪的滩涂地上，密密麻麻的工事出现了，而且都加上了先进的伪装。偶尔，会看到禁区的深处有负责修理坦克的专车在行动，夜深人静时，会传出试车的声响。

这一切，当然逃不过德国侦察部队的眼睛。他们的侦察机一天天看着禁区的变化，哪一天在哪里增加了一个炮兵阵地，哪里又运来了多少辆先进的坦克，都记在了德军的军事地图上。他们一天比一天相信，盟军正在敦刻尔克对岸，积聚着一支可怕的力量，一旦时机成熟，就会渡海登岸。

德国情报部也指派自己的间谍到禁区刺探。间谍们不断发回情报。为了逼近坦克掩蔽部和炮兵阵地，已经有好几名出色的情报人员送了性命，但是，从接近阵地处拍摄到的照片上，分明可以分辨出火炮和坦克的型号，这是侦察机无法透过伪装网拍摄清楚的。间谍们的行动更肯定了参谋部的结论。

可惜，这些侦察结果绝对是错误的。英国工兵们只不过用木板和硬纸板，按正式武器的型号，就地制造了一批完全开不动的坦克，涂上油漆，盖上防护网，就像拍电影用的逼真的道具。

　　直到盟军在诺曼底海滩登陆，马盖特海滩那些"威力无比的机械化军团"，依然纹丝不动地停在防护网下。惟一不同的是原来警卫森严的警戒线已经撤销，任何一位德国间谍都可以逼近阵地拍他们所需要的照片。只不过知道上了大当的德国人，已经没有人再光顾这里了。

粮草神兵

　　1944年6月6日，法国北部诺曼底海岸的浅滩和草地里一片寂静。德国哨兵百无聊赖地望了望雾气重重的海面，一个个又缩进岗亭打起瞌睡来。战事对希特勒很不利，英美联军很可能在近期发动进攻。但是，从多佛尔海峡对岸的兵力调动情况分析，登陆点很可能选在海峡的最狭窄处加来。因此，德军司令把赌注押在加来海岸，冷落了不大适宜登陆的诺曼底。

　　谁知，随着清晨雾气的渐渐散去，英美盟军的两千多艘舰只已逼近诺曼底海滩，德军仓皇开火，但十七万海军陆战队员在万余辆军车、坦克和炮火掩护下，势如破竹，占领了一个又一个滩头阵地。

　　德军司令没料到英美盟军会选择最不利于登陆的诺曼底海滩，怀疑他们是声东击西，在诺曼底造个假象，等把德军的主力吸引过去，再在加来海岸大规模登陆。

　　但是，接到的情报越来越明确表示，英美盟军的主攻方向确是诺曼底，加来对岸的频繁调兵很可能是故意布下的迷魂阵。德军司令犹豫再三，直到下午，才决定将守卫加来的装甲部队全部调往诺曼底。他相信，这支机动化的"铁甲军"能将还未站稳脚跟的盟军赶下海。

　　德军装甲部队黑压压地扑向诺曼底海滩。不过，装甲部队司令临行前再三接到这样的指示："英美盟军的主攻方向有可能仍在加来，他们的指挥官狡黠无比，你应该随机应变，作出准确判断，采取果断行动。"

　　装甲部队抵达诺曼底海滩之前，德军总司令又发来紧急电报。原来，加来海岸对面的英国本土又有几百架盟军运输机起飞了，像是要攻击加来。装甲部队司令犯难了：是回兵保卫加来，还是继续向诺曼底挺进？总司令没有下达撤退命令，他决定继续逼向诺曼底。

　　眼看打了一大攻坚战的英美盟军就要粮尽弹绝，形势十分严峻。那几百架运输机，正是为了补充这十七万人的弹药和给养而来的。

运输机队的指挥官名叫克莱格尔。他们的运输机从加来对岸起飞，目的也是为了干扰德军，转移他们的视线。真正的意图是，在加来附近上空绕个弯，赶到诺曼底，将弹药和食品空投给抢滩的盟军。如果地面部队得不到供应补给，他们的登陆将前功尽弃。

正当庞大的运输机群在加来的防空炮火射程外拐了个弯，朝诺曼底方向飞去时，地面部队给克莱格尔传来一个情报：德军装甲部队已逼近诺曼底，请他准确选择空投位置。

这时，已近黄昏，朦胧夜色中，雾气又升腾起来。克莱格尔想，既然德军装甲部队已逼近诺曼底，他们与盟军已几乎呈交火状态，如果弹药和食品投到两军之间，势必影响盟军的战斗力，还会使德军得知盟军的底细，更会穷凶极恶地反扑过来；如空投到盟军阵地后面，大多数给养又会白白沉入海底！

忽然，他脑中闪过一个念头：何不将这批用降落伞套着的弹药箱和食品箱投到德军装甲部队的背后呢？这样，一方面可以激励登陆盟军发动反攻，另一方面也可造成我方派遣空降部队截断德军后路的假象，兵不厌诈，索性再骗一骗法西斯吧！

想到这里，他立刻向机群发布命令："立即空投！"刹那间，空中打开了数万个降落伞，数万只黑黝黝的弹药箱、食品箱自天而降，纷纷落向德军背后的纵深地带。

登陆部队指挥官见给养投错了地方，本来有点儿着急，但马上领会了克莱格尔的意图，大声给部下打气，他喊道："我们的增援到了！"

德军装甲部队的大部分官兵一时也被这数万个白天而降的"神兵"吓懵了。装甲部队司令认定是英美盟军来了个"前后夹击"，立刻下令道："我们被包围了！快避开空降兵，向加来撤退！"

这道错误的命令使德军装甲部队官兵的心理防线完全崩溃了，德军坦克、装甲车纷纷夺路逃跑，相互撞毁，真正能完好无损地撤回加来的，只是很少一部分。

英美盟军的抢滩部队趁机进入德军纵深地带，和刚才空降下的"神兵"会合，补足给养，夺取了诺曼底登陆的彻底胜利。

伞兵从天而降

已经是1944年的秋天，第二次世界大战进入了最后阶段。

欧洲各个被法西斯侵略的国家都得到解放，龟缩在德国本土几个战略要地的侵略军变成了惊弓之鸟。他们最担心的，便是盟军的伞兵部队，只要听到天空响起嗡嗡的运输机引擎声，就以为盟军来空投伞兵了。

驻防在德国、法国和卢森堡交界处的德军，因为怕极了空降兵，便组织了许多巡逻队，每天夜间到空旷地带不断巡逻，还指派党卫军少校科隆担任巡逻队的总指挥，以防止盟军空降部队的突然袭击。

科隆少校担此重任，丝毫不敢马虎，他以为，空降兵的特点是神不知鬼不觉，单靠一两支巡逻队是无法发现分散的伞兵的。所以，他把巡逻队分成好多小组，到四面八方分散巡逻，并且吩咐各小组听到射击声立即集队攻击刚落地的伞兵，不让他们集中起来。

越是害怕的事往往会很快来到。这几天，特里尔德军司令部接到柏林发来的电报，说最近盟军可能对特里尔地区发动进攻，占领这块三国交界的战略要地，进攻的手段极可能使用空降部队。

这一下，可忙坏了科隆少校，他不得不亲自率领一支巡逻队，到最可能空降的地段去巡视，把这作为加强特里尔防务的手段。

已经是凌晨2点了，科隆的小分队还在巡逻。来到一个牧场旁边的时候，从牧场边一大片树林那边的上空传来一阵嗡嗡声。

经验告诉科隆，这肯定是重型运输机的引擎声。他看了看手表，又环视一下四周地形，天虽然黑，但那片树林却看得十分清楚。

不好，地形对空降有利，既有比较广阔的场地，又有便于藏身和集合的树林。他立刻下令自己的巡逻队向树林靠过去。

还没走近树林，科隆突然觉得，天空中出现了一团一团黑乎乎的飘浮物。一个可怕的念头从他脑子里闪现：伞兵！他立刻下令发信号，当三

颗信号弹升到天空后，第一批降落伞已经落到地面上，那儿传来一阵机枪声，还夹着爆炸的火光。

科隆带着巡逻队往树林冲去，看到黑色的降落物便开枪。果然，对面立即响起连珠炮似的还击枪声。

双方剧烈地交了几分钟火，科隆突然觉得枪声不对，似乎不是美式枪械的射击声，于是他立刻大声呼喊起来。这一声呼喊，把双方惊醒了，原来刚才激烈地交了一阵火的居然是两支德国巡逻队。真是大水冲了龙王庙，自家人不认自家人。

但是刚才明明是看到有降落伞从天而降的呀。科隆立即让士兵继续搜索。想不到搜索刚开始，树林中又传来一阵阵枪声和爆炸声，偶尔还传来德军士兵挨炸的惊叫声。

这是怎么回事？直到天亮了，科隆才把原因弄清楚。凌晨，确实有一架盟军的飞机飞临特里尔上空，扔下了一批降落伞，可是，降落伞下吊着的并不是伞兵，而是一种一触即发的模拟音响，只要一落到地面，或者在空中碰上树枝，这种音响设备就会发出一阵机枪射击声。还有一些降落伞下，吊着模拟的伞兵模型，它落地虽然不发出音响，但只要对它射击，这种人体模型就会自爆，威力跟一枚手榴弹差不多。难怪靠近的德军士兵会受伤呢。

白忙了一夜，还伤亡了一些士兵，都是上了盟军的当，科隆少校简直把肺都要气炸了。那些在柏林吃干饭的官僚，自己上英国人的当，还要连累第一线的军人。这仗，真是越来越难打了。

科隆虽然一肚子的不乐意，但是，一个德国军人的旧习惯还是指挥着他不断派人到那片树林去搜索。一连三四次，他们又接连遇上好几次同样的情况。有一回他们带着几个没有炸响的假伞兵回来，让司令部的军械专家分析。

分析的结果更令人哭笑不得，那些东西除了外表不同，其实只是些威力稍大的儿童玩具，真让人感到气愤。巡逻队的士兵，从此以后再也不愿意到那片树林里去上当了。

又过了一个星期，也是凌晨2点多，科隆少校正回到司令部，突然发现，城外那片树林附近，又升起了三颗信号弹。该死，英国人又来捣蛋了。他连想都没想，便下令解散，自己也回去休息了。

可是，这一次又是他错了。盟军在连续十天施放烟幕弹之后，这一次却是动了真格。大批伞兵，连同他们的弹药给养，铺天盖地从天而降，真正发现空降部队的德国巡逻队很快就被全部消灭。

当盟军的伞兵集结起来，悄悄把特里尔德军指挥部包围起来的时候，那些以为这一次又是盟军用老花样捉弄人的德军，还都在梦中呢。

由于特里尔的指挥部被摧毁，驻该地区的德军在盟军紧接着的全线进攻面前，显得不堪一击。德国本土的第一道防线终于被击破，法西斯离彻底毁灭的日子不远了。

猎人行动计划

  英国特种空军部队是英国政府用来进行反恐怖活动的一支武装力量，它由几十名年轻精干的军官和从全军战士中挑选出来的九百名战士组成。1980年4月30日，他们接到总司令的命令，去营救被扣留在伊朗驻英国大使馆的人质。

  那天上午8时，5名伊朗人来到了大使馆门口，英国警察洛克上去盘问，5个伊朗人乘他不备缴了他的械。他们押着洛克走进大使馆，朝天开了一排枪，将使馆里的人全部镇住。紧接着，他们打电话给英国广播公司：我们控制了伊朗驻伦敦大使馆，扣留了使馆的所有人员作为人质；我们要求伊朗政府必须给胡齐斯坦省更多的自治权，并释放关押在该省监狱的阿拉伯人；如果在24小时之内不能满足我们的要求，我们将杀死所有的人质并炸毁这座大楼。

  这消息迅速传遍了伦敦，传遍了全世界。

  英国政府一边向伊朗当局转告了武装分子的要求，一边准备和武装分子谈判，英国首相还亲自签署了命令：迅速做好营救人质的准备。英国特种空军部队接到了命令，立即派第二小队队长罗斯少校前往，随时做好武装营救的准备。

  罗斯到了现场一看，大使馆的上空有直升飞机盘旋，大使馆的四周被大批警察团团围住，警察对周围街道进行封锁警戒，附近其他使馆的人员也相继撤离。

  警官库什曼见罗斯到了，立即向他通报情况：伦敦警察厅为了掌握大楼里的情况，已派人从直升飞机上的悬梯下去，在屋顶的烟囱里放置了高敏感窃听器。经过窃听，对大楼里的情况已基本掌握，所有的人质都关押在二楼、三楼的房间里，武装恐怖分子也都在二楼和三楼。

  摸清了大使馆的情况，罗斯向上司提出，由他率领20名突击队员组成

的小分队，营救使馆里的人质。上司听了他的建议，立即表示赞同。

政府还是希望通过谈判解决人质问题，不到万不得已不动武。政府代表通过电话和恐怖分子进行谈判，对恐怖分子的头目托菲格说："我国外交部已拍急电给伊朗政府，向伊朗政府转达了你们的要求。我们希望尽快解决这一事件，并请你们从人道主义出发释放人质。"经过一番讨价还价，恐怖分子释放了一名怀孕的伊朗妇女和一名有病的英国广播公司的记者。

24小时过去了，伊朗政府未作任何答复。托菲格听了英国政府代表打给他的电话，进一步提出了要求：要三个阿拉伯大使进行调停，并由英国政府派飞机将他们和人质送出英国。

一把他们放出去那可就是放虎归山，以后无法将他们擒获，更重要的是，人质问题没法解决。政府为了稳住他们，打电话对托菲格说："英国政府打算答应你们的要求，但需要和有关国家协商，这需要时间，请你们耐心等待。"

六天过去了，谈判依然毫无结果。托菲格决心先来一手硬的，向英国政府施加压力。他们恶狠狠地对人质吼道："伊朗政府不管你们了，谁愿意先送死！"

伊朗使馆的新闻专员勇敢地站了出来："我愿意做第一个牺牲者！"他的献身精神赢得同事们的赞叹，也使托菲格感到震撼。他平静地写下了遗书和家信，然后向大家挥手诀别。一阵冲锋枪扫射之后，恐怖分子将他的尸体扔出大门。警察们跑了上来，用担架把他的尸体抬走。

恐怖分子动手枪杀人质了，再也不能这样拖延下去。英国政府批准立即实施"猎人行动计划"，营救被扣押的人质。

罗斯和他的部下早已做好了准备，在沙盘立体模型前把大使馆内的一切都弄得透熟。5月5日下午7时30分，他们开始行动。

突击队员从直升飞机上登上屋顶，从屋顶上顺着绳索往下滑。罗斯和一名突击队员滑到二楼的阳台，贴着墙向大厅的门移动。

到了门口偷偷一看，里面关着女的人质。罗斯一摆手，身边的突击队员扔进一颗"晕眩手榴弹"，这种手榴弹没有杀伤力，但巨大的冲击波能使人在瞬间内丧失视力和听力。手榴弹的火光一闪，罗斯和那名队员立即冲了进去。

与此同时，另一名突击队员顺着绳索滑到二楼楼梯口的窗外。在楼梯口警戒的歹徒发觉了，举枪准备射击。

歹徒的行动晚了半秒钟。被扣押的英国警察洛克虽被歹徒缴了械，但因歹徒没有对他进行彻底搜查，他的身上还有一支手枪。在这千钧一发之际，洛克掏出手枪向那名歹徒开了一枪，这一枪正中歹徒的手臂，歹徒的手立即垂了下来。突击队员一脚踹开窗子，跃入大使馆楼内。

在房门口警戒的歹徒听到枪声，知道大事不妙。他一扣扳机将一梭子子弹射入屋内，使馆的文职官员克卜拉中弹身亡。他还想继续射击，可是枪内已经没有子弹。罗斯冲了进来。这名歹徒来不及换弹夹，连忙扔下枪支，企图混入人质内蒙混过关，等到一有机会，再设法逃跑。罗斯跃了过去，对准他的脸就是一拳，歹徒痛得叫了一声，栽倒在地。

突击队员都冲了进来，一队武装警察也从大门冲进楼内。托菲格慌了神，和另一名歹徒混入了人质中。

罗斯冲到门口，放缓了口气说："谁是歹徒，快站出来。"托菲格和他的那名手下知道混不过去，转过身去要去捡枪。罗斯的枪响了，那名歹徒当即身亡，托菲格受了重伤。

突击队员逐个房间搜索，把所有的人都集中到一处，通过用资料照片进行辨认，把最后一名歹徒也抓了起来。

当晚8时45分，持续了45分钟的"猎人行动计划"胜利结束。人质有两人死亡，一人负伤，其他人安然无恙。英勇的突击队员，无一伤亡。

知彼知己战马岛

1982年4月，英国跟阿根廷围绕南大西洋上的马尔维纳斯群岛的归属问题，展开了一场争夺战。这是一场现代化的海上战争。阿根廷离该岛距离很近，而且提出了收复主权的口号，人力物力都占着优势，而英国却要从13 000公里外派出自己的特混舰队来维护自己的殖民统治，明显地处于劣势的地位。

但是，由于英国掌握着先进的侦察手段，对马岛的一切了如指掌，而阿根廷却没有能正确侦察出英军的实力，反而中了英国人的心理战的诡计，战争的结局走向了力量对比的反面，马尔维纳斯岛得而复失，失去了这块战略要地。

当阿根廷在4月2日占领了马尔维纳斯岛的首府斯坦利港之后，英国便万里迢迢地派出了自己的舰队，一路上，英国展开了明显的宣传攻势，尽量夸大这支舰队的实力。他们说，整个舰队将拥有能垂直升降的"鹞"式战斗机60架，实际上英国远征军的这种飞机，从来没有超过20架。

当"大西洋运送者"号从英国驶进大西洋时，英国又声称它上面装载的集装箱中，有20架"鹞"式飞机，实际上只有5架。为了补充在海上飞行训练中失事的飞行中队，英国的国防部从大西洋中部的阿森松岛抽调两架同样的飞机参战，对外却宣布有20多架"鹞"式飞机在阿森松岛加油，然后直飞马尔维纳斯岛战区参战。

而这一切，侦察手段落后的阿根廷是完全无法探知的，他们只凭过去对英国军事力量的粗浅的了解，认定英国的这些宣传是事实，紧张地准备应付英国舰队的强攻，并把部队收缩布置在斯坦利港附近，在那里的海滩上建筑大量的工事。实际上这是英国的心理战术，在阿根廷军民中造成了恐惧情绪。真正的较量还未开始，阿根廷便输了一着。

激战是从海上开始的。起初，双方各有胜负，阿根廷的海军甚至使用

法国产的导弹击沉了英国的战舰。

但是，当英国掌握了法国导弹的技术参数之后，他们便在海上占了上风。英国人很快掌握了制海权和制空权。无论如何，英国人在掌握先进技术和迅速探知阿根廷军备的能力上，远远超过了阿根廷，棋高一着的英国人取得了战役的第一阶段胜利。

紧接着，最后的登陆战开始了。英国派出了大量的侦察机侦察马尔维纳斯岛的情况，还借助于美国中央情报局的间谍卫星，探知无法直接了解的地区，在将情况了解清楚之后，开始选择建立滩头阵地的地点。

英军要占领的目标，当然是马尔维纳斯岛的首府斯坦利港。斯坦利港位于该岛的东部，离阿根廷本土最远，可以避开从阿根廷起飞的飞机的强大攻击。

但是，英国侦察机和美国提供的情报表明，阿根廷在斯坦利港外围，结集了近万名士兵，自占领马尔维纳斯岛以来，阿根廷人用了两个月时间，在海滩上构筑了大量的工事，从这里登陆会遇上强大的抵抗。针对马尔维纳斯岛的实际情况，英国指挥官作出了明智的选择，放弃从马岛东部登陆，另外选择合适的登陆地点。

另一个能够登陆的海滩，便是马尔维纳斯岛西海岸的圣卡洛斯港。所有的情报资料表明，阿根廷军方只派了一个连的兵力驻守，在这样规模的战争中，一个连的兵力简直可以忽略不计。

但是，从圣卡洛斯港到斯坦利港之间，有80公里宽的沼泽地，这么宽的沼泽地，对作战必须的各种装备来说，无疑是一座坟墓。

一位美国军事家曾撰文分析，假如有人要寻找一块负重行军的训练场地，那么从圣卡洛斯港到斯坦利之间的80公里沼泽地，是最合适的最差的地形。难怪阿根廷人会如此毫不经意地放弃了对这一方面的防御。

英国人偏偏要从圣卡洛斯港登陆。他们的情报官注意到了一个事实：在这80公里沼泽地中间，明显地隆起着三四块干燥的高地，足够成为部队前进的补给站。他们建议，在攻占了圣卡洛斯港的海滩之后，使用直升飞机，把军队、给养，甚至轻型坦克，运到沼泽地中间那几个高地上，然后一站站运到斯坦利港的西郊，从背后袭击马岛的首府。英军的司令部欣然采取了情报官们的这一大胆的作战计划。

5月21日凌晨，气象预报中出现浓雾。拂晓之前，英军趁着最浓黑的

夜色，从登陆舰中冲出来。

同时，英军的配合部队开始对斯坦利港进行猛烈的攻击，造成英军将在那里强行登陆的假象。阿根廷人缺乏必要的情报，丝毫没有注意到圣卡洛斯海滩发生的变故，英军的大部队在40小时内建立了强大的滩头阵地，登陆战取得了成功。

这以后，阿根廷人因为没有准确的情报，根本没察觉英军的主攻方向。而英军却在他们的背后，用直升飞机一站一站运输着强大的兵力，一步步逼近了斯坦利港西郊。从圣卡洛斯至斯坦利的沼泽地中，英军的兵力增加至5 000人。

在东西两侧英军的夹击下，斯坦利港的阿根廷军队再也无力还击，陷入了既无法前进又无法后退的绝境，只得被迫投降。英军如此顺利地取得马岛的胜利，是因为他们做到了知彼知己，而这一切，都离不开对战地情报的充分掌握。

"谢菲尔德号"的悲剧

　　1982年5月4日，南大西洋狂风大作，猛烈的风掀动着海浪，浪花直拍天空。天空里，浓云密布，简直就像压在海面上，沉沉的云在不远处就跟浪涛融合在一起。在南极寒季来临的日子里，这里的所有船只，只会停泊在港湾里，等待可以出海的日子，时间仿佛也停止了。

　　可是，1982年的南半球冬季，却热得反常。无论是远道而来的英国特混舰队，还是阿根廷保卫刚刚收复的马岛的海军舰队，都顾不上风急浪高，天气恶劣，冒险出入于咆哮的海浪。它们在狂风怒涛的洋面上，简直像玩具舰只般起伏颠簸。

　　上午11时，阿根廷的航空母舰"5月25日号"首先突破英军封锁，冒险出航，出现在双方必争的海区。他们忍不住被封锁的窝囊气，急于寻找战机，替自己的"贝尔格拉诺将军号"巡洋舰报仇。两天前的夜里，他们的这艘战舰意外地被英军的核潜艇击沉，这使他们悲愤异常，决定现在给一点厉害让英国人看看。

　　这一天，在海域执行巡逻的英国军舰是号称"闪光的谢菲"的现代化驱逐舰"谢菲尔德号"。这艘最新式的军舰，装备有先进的"大山猫"式反潜直升飞机；装备有最先进的火炮，既可防空，又可攻击水面目标，还能为两栖作战提供火力支援；它的鱼雷发射系统和防鱼雷及火箭的干扰系统是最先进的，可以在近程攻击潜艇，也可以让敌方的鱼雷、火箭劳而无功，到远离战舰的地方自行爆炸。它的防卫和攻击都是最出色的，它是英国海军的骄傲。

　　当"谢菲尔德号"发现阿根廷军舰出海之后，立即凶猛地朝"5月25日号"航空母舰追去。在他们看来，那艘技术落后的庞然大物，正好是自己练习攻击的靶子，要收拾这艘军舰，再创造一个海战奇迹，简直是小菜一碟。让阿根廷人再尝尝失败的痛苦吧！

特强凌弱的"谢菲尔德号"完全忽略了阿根廷军队的另一支有生力量。当航空母舰出海之后,从阿根廷本土的机场上,6架"超级军旗式"战斗轰炸机已经起飞,其中两架在雷达导航下,正朝"谢菲尔德号"猛扑过来。

"超级军旗式"战斗轰炸机是阿根廷从法国进口的新型武器,它在机翼下挂着威力巨大的飞鱼式对舰导弹。两位飞行员一出海,立即从机载雷达上发现了"谢菲尔德号"。他们知道,这艘军舰上有先进的电子设备,按正常的作战规程不但不能伤它一根毫毛,反而会被它发现而击中。于是,他们立刻降低了飞行高度,在海面上空500英尺的雨雾区,用超音速向目标掠近。

现在,两架飞机巧妙地利用地球的曲面,躲进了"谢菲尔德号"上舰载雷达的盲区。当他们神不知鬼不觉地逼近敌舰20海里的时候,两架飞机同时发射了挂在机翼上的飞鱼导弹,同时扔掉另一翼上为保持平衡而挂的副油箱。飞行员猛地扳动操纵杆,飞机立即像箭一样蹿向高空,作了一个巧妙的倒翻之后,呼啸着朝基地飞去,迅速地脱离了敌舰的攻击半径。

这时候,飞鱼导弹却保持着发射时的态势,仍旧贴着水面,以亚音速朝"谢菲尔德号"扑去。速度是那么快,三四秒后,便要击中舰身。

"谢菲尔德号"毕竟是艘先进的军舰,当雷达上出现"超级军旗式"飞机的光点,舰长索尔特立即下令:"全舰注意隐蔽!"舰上的干扰波发射器也立即自动工作,发出了强大的干扰波。可惜滔天的波浪在追踪雷达上造成了一片模糊不清的光团,两枚飞鱼式导弹中,有一枚因为离海面较高,立即被雷达识别出来,干扰波把它引出了舰区;另外一枚却在海浪里穿行,不偏不倚地击中了舰艇的中央部位,在离吃水线只有1.8米处穿进了舰身。

舰艇的中央部位,正是全舰机械区,大量的弹药装备也在那里,飞鱼导弹一穿进钢甲,立刻轰然爆炸起来。震耳欲聋的爆炸声之后,"谢菲尔德号"的动力系统和照明系统,以及与之有关的消防系统立即全被破坏。一阵漆黑之后,不到20秒钟,舰艇的弹药、燃料也接着炸响,全舰立刻陷入一片火海。

先进的消防系统失效了,全舰官兵只得操起各式各样的人工灭火器材与烈火搏斗。沙柜打开了,灭火器推来了,一箱箱消火沙泼向烈火,一车

车大型灭火机喷出道道泡沫，消防斧挥动起来，把易燃的部位砍断，不让火势蔓延。这样的搏斗一直持续了5个小时，终于因为火势太大，救火能力太弱，船员们被迫放下救生艇，弃舰逃生。

"谢菲尔德号"这艘被英国皇家海军当作骄子的先进战舰，终于沉没在远离英国本土的海洋中。南大西洋冰冷的海水将永远记住这场海战的结果。

当代的海战，本来应该是先进武器的天下，"谢菲尔德号"的先进武器，远远胜于不算先进的"超级军旗式"战斗轰炸机。但是，旧式的飞机上却载有先进的飞鱼导弹，而阿根廷飞行员能凭借高超的低空飞行技术，巧妙地利用敌舰防卫体系的缺陷，趁英国海军骄傲轻敌之机，一举出击成功，创造了举世震惊的战果，这是人战胜机器的结果。

"谢菲尔德号"被击沉，使英国朝野一片哗然，主持政局的撒切尔夫人闻讯，目瞪口呆许久，才作出反应。这一战果，也给远征南大西洋的英国海军一个教训，让他们的心理蒙上了一层沉重的阴影。

远途奔袭

阿根廷占领马尔维纳斯群岛的消息传到晨雾弥漫的伦敦，立刻像天外飞来一块巨石，溅起泰晤士河河水，这个昔日辉煌过的"日不落帝国"首都，也掀起了与南大西洋一样的惊涛骇浪，英国朝野，一片惊慌。

英国与马尔维纳斯群岛，远隔重洋，一个在北纬，另一个在南纬，相距13 000多公里。消息转瞬间便可传到，派兵去可不容易，用什么办法维护英国的威信，成为英国舆论界以及议会争论的中心，一时间，伦敦好像煮沸了的一锅粥。

首相撒切尔夫人知道，在这种紧要关头，非得用一点强硬的手段不可。于是，她打破常规，召集内阁紧急会议，成立由六个人组成的战争内阁，立刻开始组建纵贯地球的远征军。

撒切尔夫人知道，如果按平时的繁文缛节，要组建这么一支部队，没有半年是办不成的。到那时候，阿根廷在马尔维纳斯群岛巩固了地位，世界各国默认了既成事实，英国就无法再夺回马岛了。况且，要在远离本土的地方作战，宜快不宜缓，超过一定时日，后勤保障将是一个无底的深坑。美国在越南的失败，教训是够惨重的。

因此，仅仅过了三天，一支由两艘航空母舰、三十七艘各种舰船组成的特混部队，载着几千名海军陆战队士兵，从英国的海军基地出发了。兵贵神速，英国皇家海军创造了英国军事史上的奇迹。

庞大的特混舰队在年轻的沃德少将指挥下，从地球的北端，穿过北温带、热带，再经由南温带海域，一路上劈波斩浪，终于在4月下旬，来到了已步入寒冬季节的马尔维纳斯群岛海域，开始了艰难的夺岛战。

在马岛外围的海战是艰苦的，双方有来有往，互有损失。经过一个月的对峙，英国的特混舰队终于牢牢包围了马岛，战斗进入了登陆作战阶段。

　　在相持阶段，沃德就派出过特种部队侦察兵，潜伏到马岛进行侦察，对马尔维纳斯岛上阿根廷部队的布防已经一清二楚。这位红头发的将军在苦思冥想之后，决定采用避实就虚、迂回挺进的战略，在阿根廷军方料想不到的地方出奇制胜。

　　5月20日，南大西洋的狂风怒浪肆虐了整整一天，傍晚的时候，暴风雨开始收敛。早就做好准备的英军，立即把所有的舰首对准了马尔维纳斯群岛，在雨后满天星斗的夜空，驶入了马岛的海峡区域。

　　英军战舰开火了。刚开始时，火力似乎十分分散。英国的特种部队也出动了，他们从自己在马岛的潜伏点出来以后，到处破坏岛上的通讯设备，造成了守岛军队的混乱。

　　惊慌的阿根廷军队，在一阵疲于应付的忙乱之后，终于发现英国军舰正悄悄朝斯坦利港逼近，"鹞式"战斗机不久也光临了港湾，进行了第一轮的轰击。这一切，似乎顺理成章地表明，英军的主攻目标，将是该岛的第一大港——首府斯坦利。

　　正当阿根廷守军在斯坦利港严阵以待，准备迎击登陆的英军时，英军的登陆部队已经偷偷地换乘了运兵船，朝斯坦利港西南的圣卡洛斯港驶去，那里三面环海，海滩平坦，守军力量薄弱，是登陆的最佳选择。

　　英国的特种兵部队在前面开路。他们乘坐的小型摩托艇行动迅速，一上海滩就立即抢占了附近几处小山，形成了一个扇形的滩头基地。他们很快地在高地上筑起工事，铺设金属直升飞机平台，这以后，登陆艇、直升飞机一批又一批地把海军陆战队员及各种装备运上了滩头阵地。轻型坦克、火炮登陆之后，特种兵立刻在前面带路，大部队直扑圣卡洛斯港小镇。守镇的50名阿军士兵做梦也没想到英军大部队会先出现在自己不显眼的防区，对这种违反常规的战局毫无准备，很快便被缴了械。英军在岛上有了立足点，海战变成了陆战。

　　这以后的十天，战争又进入了相持阶段。现在，双方在岛上各占一角，阿根廷空军不断对圣卡洛斯发动攻击，要把英军赶下海去，而英军凭借海上优势力量，封锁从阿根廷本土到马岛的航线，要把守军困死在斯坦利港。十天一过，英军开始占了上风，他们的部队终于发起了对斯坦利港的最后攻击。

　　当时的马岛正处在严冬之中，通往斯坦利的途中布满泥泞，为了加快

前进步伐，英军采取了蛙跳式战术。特种兵和工兵首先出发，在前面修筑直升飞机降落场，然后用重型直升机把部队和装备运到前方基地。这种往返前进的方式，大大加快了英军的前进速度，6月上旬末，他们已经构成了对斯坦利的包围。

而这时的斯坦利港，过冬的物资短缺，与大陆联系中断，惟一能支持他们的，只有本土的航空兵，那也只能在悲壮的反击战中增添几分曲折和惊险，整个战役，阿根廷守军已到了回天乏术的地步。

6月11日黄昏，英军的军舰和飞机开始对斯坦利进行地毯式的炮击和轰炸。已经萎靡不振的守军，又遭到血雨腥风般的打击，尽管他们又坚持了三天，终因力量太悬殊，不得不宣布投降。

从战争打响，到英军重新占领斯坦利，阿根廷人经历了胜利的狂喜和再度的屈辱。英军靠着他们优势的兵力重占了马尔维纳斯群岛，但他们的经济损失远远超过阿根廷。

冰上激战

1242年，俄罗斯军队与德意志立沃尼亚骑士在楚德湖南部的冰面上进行了一次激战。这场战斗以俄罗斯军队全歼来犯的敌人而告终。领导这次战斗的，是俄罗斯诺夫哥罗德公国的亚历山大·涅夫斯基大公。

13世纪时，俄罗斯人疲于抗击拔都汗蒙古部队，实力有所削弱；大军忙于在东方作战，西方的防备空虚。公元1240年，德意志立沃尼亚骑士团的十字军骑士，发动了对俄罗斯普斯克夫公国的进攻。十字军骑士攻下了伊兹波尔斯克，包围了普斯克夫城。

普斯克夫城的城池坚固，本来能够坚持防守。没想到城里的贵族和守城的特韦尔季拉·伊万诺维奇叛变，普斯克夫城被立沃尼亚骑士轻易攻陷。

德意志骑士在普斯克夫杀烧掳掠，并建立了残酷的恐怖统治，谁要是不服从，就立即被杀死。随后，他们又向诺夫哥罗德公国逼近，占领了战略要地科坡里耶村，在那里构筑了要塞。要塞筑成后，德意志骑士更加肆无忌惮，他们四处洗劫俄罗斯村庄，一些村庄被夷为平地。骑士们步步进逼，抵达诺夫哥罗德城郊，诺夫哥罗德城危在旦夕。

当时，诺夫哥罗德大公亚历山大因前不久击败另一支瑞典侵略军，诺夫哥罗德的贵族怕他权力进一步加强，跟他发生了争执，亚历山大忍不下这口恶气，但又不愿在国家危急时引起内乱，愤然离开了诺夫哥罗德，到佩雷雅斯拉夫尔定居。德国的十字军骑士包围了诺夫哥罗德，市民们不愿沦为奴隶，自发地奋起抵抗，守住了诺夫哥罗德城。

保卫城池不能没有统一的指挥，人们自然而然地想起了英勇善战的亚历山大大公。市民会议一致决定，请亚历山大大公返回，领导大家齐心协力保卫诺夫哥罗德城。

亚历山大大公为了保卫祖国，捐弃前嫌，回到诺夫哥罗德。亚历山大

返回后，立即将全城军民组织进来，奋力抵抗德意志骑士的进攻。这一来战局发生了变化，岌岌可危的诺夫哥罗德变得固若金汤，德意志骑士的进攻被一次次击退，伤亡惨重。

骑士不肯善罢甘休，他们准备等援军到来后，再次发动猛烈进攻。亚历山大决心在十字军骑士的援军到来之前击溃敌人，夺回科坡里耶要塞。

公元1241年，亚历山大和拉多加、伊若尔、卡雷利阿组成联军，向德国十字军骑士发起反击。俄罗斯的兵力加强了，又是为保家卫国而战，个个奋勇杀敌；十字军骑士屡遭挫折，已是疲惫之师，援军尚未到达，兵力薄弱，他们不敢硬拼，只得后撤。联军收复了科坡里耶要塞，随即追击后撤的敌军。十字军骑士节节败退，亚历山大率领联军一举收复了普斯克夫公国。

骑士团闻知立沃尼亚骑士败退，连忙在杰尔普特主教管辖区内招募了一大批官兵，援助立沃尼亚骑士，抵御俄罗斯军队。

亚历山大闻报十字军骑士正沿着楚德湖取捷径向诺夫哥罗德公国挺进后，连忙率领联军向楚德湖快速前进，抢先到达楚德湖东岸。他仔细察看了地形，将部队部署在乌鸦石岛附近。这一带是湖面最狭窄处，又有温泉，春季岸边冰层较薄，很可能经受不住十字军笨重骑士的重压。

十字军骑士作战，经常采用"楔形队"进攻。这种队形主力居前冲锋陷阵，两翼比较薄弱。亚历山大利用俄军步兵的优势，将三分之二的主力放在两翼，准备从两边夹击敌人；将三分之一的兵力布置在中央，抵御敌人的进攻。

这时候，十字军又有丹麦和波罗的海一带的援军到来，实力大增，所幸的是十字军不出亚历山大所料，果然摆出了"楔形队"。亚历山大将前卫团和由弓箭手、投石手组成的轻骑兵放在前方，步兵居中，两翼是精锐步兵；亚历山大的骑兵武士队埋伏在左翼后面。

4月11日拂晓，强大的十字军重骑兵向俄军发起了猛攻。俄军的弓箭手、投石手不断地放箭、投石，十字军官兵冒着箭雨石块直往前冲，前卫团奋力抵抗，双方战在一处。

湖面上喊杀声震天，一片刀光剑影。战至多时，俄军渐渐抵挡不住，步步后撤；十字军不顾伤亡巨大，依然向前猛杀。俄军中央的步兵再次狙击敌人，但也支撑不住，只得慢慢退到岸边。

　　十字军的重骑兵正想乘胜追击，俄军两翼的精锐步兵冲了出来。俄军步兵用长钩子将十字军的骑兵拉下马，再用斧头式靴刀将骑兵杀死。十字军的重骑兵从来没有见过这种战法，不知如何应战才好。远离俄国步兵有箭矢、石块飞来，稍一靠近就要被钩下马来丧命。突然，埋伏着的骑兵武士队又冲了出来，打得十字军措手不及。十字军在重重包围下越缩越紧，根本没有回旋的余地。

　　突然间，一阵巨响，冰层禁不起十字军重骑兵的重压，终于破裂，许多重骑兵落入冰湖。重骑兵顶盔戴甲，落下水便再也浮不起，丧命湖底。十字军的骑兵顿时大乱，没有落水的打马便跑。一处冰层破裂，别处也不牢固，再经战马奔腾践踏，多处冰层裂开了，十字军骑士纷纷落水。

　　成千上万的十字军骑士落水毙命，只有少数骑兵突出重围落荒而逃。俄军穷追猛打，一直追杀到苏博利奇岸边，终于将来犯的十字军骑士全歼。

喀山远征

俄国的沙皇是伊凡四世。我们听到沙皇这个称呼觉得没什么，可欧洲人初次听到这个称呼都十分惊异。"沙皇"是古罗马恺撒大帝的俄文音译。刚刚开始亲政的17岁的毛孩子，竟然如此狂妄，把自己跟古罗马的恺撒大帝相提并论，俨然以恺撒的继承者自居。

别小看了这位3岁登基、17岁加冕亲政的伊凡四世，他一生发动了许多次战争，远征喀山，是他亲政后发动的第一次大规模的侵略战争。

俄国企图兼并喀山汗国的斗争从15世纪末便已开始，16世纪时由于喀山汗推行反俄政策而加剧。伊凡的父亲瓦西里三世为了达到兼并喀山的目的，曾于1523年建立了瓦西里斯尔斯克要塞。几年之后，瓦西里三世便撒手西去，现在，征服喀山汗国的重任，落到了沙皇伊凡四世的肩上。

喀山汗国地势险峻，要把它征服不是一件轻而易举的事。1545年，俄国曾经进行过远征，那次远征主要是对喀山进行军事示威，扶植喀山汗国亲莫斯科一派的势力。1546年春，伊凡扶持了他的傀儡上台，不料好景不长，伊凡的傀儡沙赫·阿利很快就被赶下台，依然由反俄势力执政。

软的不行，便来硬的。伊凡四世刚亲政，便于1547年和1549年发动远征。这两次远征未能如愿以偿，以失败而告终。

1552年6月16日，伊凡四世亲自率领15万大军，浩浩荡荡地向喀山开去。6月24日，俄国击溃了援助喀山汗国的克里木汗军队。7月3日，15万俄军兵分两路向喀山挺进。8月24日两路大军会合，继续向喀山进军。到了城下，俄军立即将喀山紧紧包围。

俄军的兵力有15万，喀山的守军仅3万多；俄军有150门先进大炮，喀山守军仅有旧式大炮70门，双方的兵力太悬殊了。喀山要塞的城墙主要由木材构成，防御能力较差，这又给俄军的进攻带来了方便。

伊凡四世依仗强大的兵力，命令喀山汗投降，喀山汗不愿做亡国奴，

严词拒绝。

伊凡四世勃然大怒：这个喀山汗真是不识时务，死到临头还是犟着脑袋不肯低头。随着一声令下，俄军的大炮齐射。

喀山汗知道形势危急，做了积极防御，派了1万多人出城，不断地向俄军出击。他们打了就跑，弄得俄军日夜不宁。守在要塞的部队拼死抵抗，不让俄国军队登上喀山的城墙。

战局一开始就对喀山守军不利。俄军的大炮一齐轰鸣，炮弹纷纷落在用木材建成的城墙上，木材给炸弹一炸，燃起了阵阵大火。好在城墙厚实，没有遭到严重破坏。守军一边救火，一边坚决还击。利用战斗的间隙，喀山人又将受损的城墙修好了。

在以后的一个多月里，俄国继续进行攻坚战，伊凡四世下定了决心，此番不攻下喀山，决不撤兵。可是喀山人据险固守，俄军没法攻进城，四周又有喀山军日夜骚扰，俄军不得不派出一部分兵力防备。日子一天天过去，喀山城仍然屹立在那里。

一天，伊凡四世见喀山军仍然顽强抵抗，不禁怒火中烧。他大声吼道："将俘虏的喀山人带来！给他们点儿颜色看看！"

300多名喀山官兵被反绑着双手押到阵前，伊凡四世派人到阵前喊话："你们再不投降，我们就将这些人一齐杀光！"

喀山守军含着泪水看着自己的同胞，从胸中发出怒吼："我们不做亡国奴，坚决不投降！"

伊凡四世大怒，命人将300多名俘虏全部杀光。喀山守军见伊凡四世如此残忍，决心跟俄军血战到底。

喀山久攻不克，到底怎么办？伊凡找来随军的伊凡·威罗德科夫，跟他一起讨论攻城的方案。伊凡·威罗德科夫建议为50门大炮建造高达13米的活动炮塔，向城内进行有效轰击；挖掘地道进行爆破，炸毁喀山的给水系统和城墙。伊凡四世认为此计可行，立即同意了他的方案。

50个活动炮塔造好了，大炮安装在活动塔上。这些大炮不断地进行轰击，活动炮塔推得离城墙越来越近，炮弹不断地落在城头和城内，给守军和城里的百姓造成巨大伤亡。与此同时，俄军士兵在大炮的掩护下从战壕里开始挖地道，一直挖到喀山城内。

随着"轰隆隆"一声震天巨响，喀山的给水系统被彻底炸毁。那时正

值夏季，没有水，口渴难熬，喀山军民节约使用剩下的每一滴水，忍着饥渴继续战斗。

伊凡四世见喀山守军仍然不肯投降，下令再次进行爆破。城墙被炸开了一个缺口，俄国大军一拥而入。伊凡四世总以为喀山城被攻陷了，没想到喀山军民在城内进行顽强抵抗，进了城的俄军抵挡不住，又退到城外。

事到如今，喀山已是俄军的掌中之物，伊凡四世为了避免俄军遭到更大的伤亡，再次派人到阵前喊话诱降。喀山军民誓与城池共存亡，对俄军的诱降置之不理。

10月2日，俄军发起了总攻。怒不可遏的伊凡四世传下命令：将所有带着武器的喀山人杀光。势单力薄的喀山军民没有城墙作屏障，终于被俄军攻入城内。喀山城火光冲天，尸体遍地，财宝被掠夺一空，成了座废墟。

伊凡四世通过血腥战争，终于达到了目的。喀山汗国灭亡了，领土被划入俄国的版图。

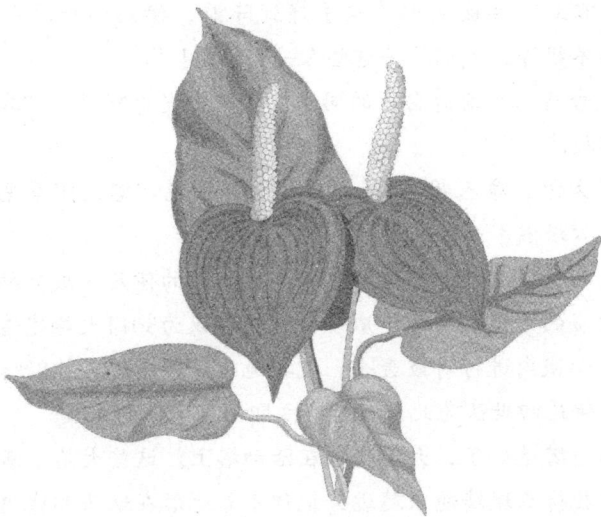

库图佐夫的"增灶计"

1812年，俄罗斯遭受到从西方来的第一次大规模入侵。法国皇帝拿破仑率领着久经沙场的几十万大军，直逼俄罗斯的腹地，在冬天来到之前，一直冲到了莫斯科城外。整个富饶的俄罗斯平原地区，都落入了侵略者的铁蹄之下。

俄国统帅库图佐夫受命于危难，对强大的拿破仑军队作顽强抵抗，逐步遏制住法军的进攻。眼看冰封大地的冬天即将来到，库图佐夫下定了决心，一定要把法国远征军困在严寒的俄罗斯大地上。他下令坚壁清野，不让任何物资，哪怕是一粒粮食落到法军手中，必要的时候，甚至不惜放火烧毁莫斯科。

库图佐夫拖住法军的策略终于有了成效。第一场大雪终于降临到广袤的俄罗斯大地上，所有的大河都封冻了，凛冽的寒风挟着雪花在空中呼啸，一天的大雪，把什么都掩盖住，一切可以用来辨认地形的标志都消失得无影无踪，四周除了一片雪白，还是一片雪白，简直就像航船驶进了无边无垠的白色的海洋。

冲进俄罗斯大地时，法国军队只带着简单的行装，现在开始感到了严寒的威力；军队的供应也因为库图佐夫的竖壁清野而开始匮乏。因此，拿破仑认为，现在只能抓紧战机，强迫还处于劣势的俄军进行决战，利用敌军的辎重补充自己的不足，或者在一战初胜之后，体面地先撤离俄国。

拿破仑终于把自己的部队结集在莫斯科西南的马洛雅罗拉维茨城郊，面对面地跟库图佐夫的部队对峙，双方努力构筑工事，等候时机进攻。

夜晚，马洛雅罗拉维茨城外的荒郊里，到处燃起熊熊的篝火。天气太冷了，士兵们围在火堆旁边取暖，火堆的多少，可以反映出双方的实力；点起篝火，双方的营地可以变得白昼般光亮，也可以防止对方的偷袭。

只有俄军的统帅库图佐夫站在一块高地上，任凭刺骨的寒风割着自己

的脸颊，满腹忧愁。这位久经沙场的老将，暂时忘记了寒冷的侵袭。

决战前夕，实力不足的将领怎能不忧心忡忡！这场决战，库图佐夫是被迫来到这里的，他知道，严酷的寒冬迫使拿破仑及早撤走，假如库图佐夫不来应战，法军立即会撤退。但让他们安安稳稳撤走，保存了实力，冬天一过，他们又会重来。

面对法军咄咄逼人的势态，库图佐夫不得不担心，一旦打起来，自己是否顶得住。万一法军首战胜利，他们也会立即撤走，自己几个月的心思便白费了。真难哪！

他凝视漫山遍野的篝火，心里只惦念自己的援军，盼他们能在决战前赶到，可惜他们不可能及时赶到，来增添自己这一边的篝火。

怎样才能把劣势转化为优势呢？库图佐夫思索着一切可能的办法。突然间，他想起了中国古代军事家的故事。孙膑围魏救赵，为了让庞涓轻敌，让自己的部下每天减少自己煮饭的火灶，骄傲的庞涓以为孙膑的部下大量逃离战场，冒险前进，终于在孙膑的伏击下彻底失败了。在中国的古书里，这叫做"兵不厌诈"，造成敌人的错觉，使敌人作出错误的判断，给自己创造了胜利的条件。

既然能用减少火灶的办法愚弄敌人，我也可以用增加篝火的办法去欺骗拿破仑呀！至少能叫他不敢轻易出击，为援兵争取到赶来前线的时间。

下了决心，库图佐夫立即命令部下进森林砍伐树木，每小队战士都把自己那一堆篝火分成两堆，让篝火从自己的阵地一直延伸到后方。没多久，原来俄军阵地上的篝火，立刻扩大了一倍，整个雪野，显得格外地明亮起来。

俄军阵地的这一变化，立刻惊动了拿破仑。这位聪明一世的法国皇帝，突然变得糊涂起来。啊呀！难道是俄国人的援兵已经进入了阵地？库图佐夫可是一位出色的指挥家，没有援军，他是绝对不肯跟我决战的。

胆怯之心一生，拿破仑立刻想起了严冬大雪，想起了自己军需不足，甚至盘算到战斗一旦呈现相持状态，自己想撤退，也不可能了。看来，这面子不能再照顾，三十六计，还是走为上策。当夜，他就暗暗下了立即撤出俄国的命令。

两军相遇勇者胜。库图佐夫一发现拿破仑不战而退，立刻发起了进攻。早已归心似箭的法军，听见漫山遍野俄军的呐喊，吓得扔下辎重，纷

纷夺路而逃。真是兵败如山倒，拿破仑已经空虚的军需品，更加匮乏了，吃不饱的法军冻得直打颤，许多人就活活地冻死在大撤退的途中。

法军深入俄罗斯很远，后有追兵，再加上沿途许多俄罗斯农夫自发组织起来日夜骚扰，法国士兵变得更加惊慌，茫茫雪地之上，大批又冷又饿又累的侵略军，来不及走完他们曾经走过的路，便横尸遍野。等拿破仑仓皇逃出俄国的时候，身边只剩下不足一百人的卫队。

库图佐夫用出色的计谋，写下了战争史上光辉的一页。

飞机拉火车

　　1920年8月，苏联国内战争已经进入了关键时期。历经困难的红军，开始控制全国各个主要战线的主动权，红军部队也逐渐强大起来，而白卫军的疯狂反扑，也变得更加激烈，每一次战斗，都更加复杂和残酷。

　　在乌克兰一个车站，守卫站台的红军，今天接到一个任务：有一列装载红军飞机的列车要通过站台，必须绝对保证这趟军事专列的安全。这消息着实让红军战士们兴奋了一阵，瞧，咱们红军也有自己的铁鹰啦。

　　装载着七八架飞机的平板车终于开到了车站。列车要在车站等候两个小时，火车头离开列车，去加水加煤，还要略做检修。随车来的飞行员和机械师进车站吃饭，临走前，告诉守卫的战士，飞机的油箱里已经加满了油，千万不能让人靠近。

　　队长迅速做了布置。他让战士在列车周围放哨，还把流动哨放出半公里远。只等火车头回到车站，列车出了站，他们这一趟任务就可以完成。

　　世界上，人们最怕发生的事，往往立刻会出现在眼前，让你感叹造物主设计事物进程的精妙。

　　正当队长到站外去看望巡逻的小队时，他突然发现，在一望无际的草原尽头，在那些随风摇曳的向日葵后面，隐隐地有一排尘土在掀起，几秒钟后，那烟尘更清晰。不好，是白卫军的骑兵队，不知道哪里走漏了消息，白卫军的马队长途奔袭，目标显然是那几架飞机。

　　该来的终于来了。队长立刻派人回站，把所有的士兵都调出站来，拒敌于站外；同时通知飞行员们，他们的飞机只有靠自己守卫了，车站的卫队已经力不从心。

　　战斗开始了，那些参加了白卫军的哥萨克骑兵，轮番朝卫队的阵地冲来，他们挥舞的马刀，在中午的阳光下闪烁，他们大声呐喊，还不时朝守卫阵地射来一排排子弹。

守卫车站的士兵本来就少，要担当这么广阔的阻击面已经困难；来进攻的又是骑兵，他们突然出现，又突然撤走，不一会儿，再出现在另一个地方。士兵们支撑了一段时间，就感到捉襟见肘，实在吃力了。

战斗继续着，卫队的伤亡逐渐增加，守卫队长焦急万分。看来，今天实在难以坚守了。他派人回车站，告诉那些飞行员，现在，是他们到地上守卫自己飞机的时候了，拿起武器，到战壕里来。

通讯员去了又回来，苦着脸告诉队长，飞行员不能来，他们的头发火了，说飞行员是用金子堆起来的，他们的价值，跟同等重量的黄金相同，怎么能派他们守战壕？

"什么？"队长也恼火了："都什么时代了，他们还把自己看得这么高贵。他们的头是谁？是那个戴眼镜的机械师？该死的知识分子，跟我们工农根本不是一条心！"

他越想越气愤，立即叫通讯员再去告诉那个头，火车开不出去，白卫军的骑兵冲进车站就什么都没有了，必要的时候，只能把飞机炸了，绝不能让武器落进敌人手中。

车站上，飞行大队的负责人，机械技师亚尼科夫也心急如焚。按计划，火车头一回来，就可以立即出发，直接开到机场去。想不到火车头一去就不见回来。

自己这个大队，作战区域在天空，现在却留在地上，而且飞机还牢牢地捆在平板车上，就是把捆绑的钢绳解了，也没有跑道，飞不上天。

难道真的要把心爱的铁鹰炸了，领着飞行员去跟白卫军拼刺刀？想想后果，亚尼科夫简直有点不寒而栗。

车站的卫队长又让通讯兵传话来，那话的火药味更浓，可见他那边情况更紧急了。

这一切都是因为要保护这些飞机，假如能把飞机运走，队长的压力就没有了，即使丢了车站也没关系，反正白卫军来的是马队，在这里无论如何站不住脚。

火车头没来，怎样把飞机撤走？火车可不能推的。亚尼科夫又看了看自己那些不能展翅高飞的铁鹰，心头真沉重。

突然间，他的视线落在平板车上那几架飞机的机头上。飞机升空主要靠的是机翼，当飞机由螺旋桨的引力往前牵引时，机翼就会产生升力。现

在飞机没有跑道，升不了空，往前牵引还是行的。

他立刻叫来飞行员，让他们登上机头朝出站方向的那几架飞机，叫他们听到命令，立刻把螺旋桨发动起来。他又派人找到车站扳道夫，为列车扳好出站的车道。

车站外的枪声越来越激烈，马嘶声、白卫军狂野的呐喊也已经听得到了。亚尼科夫立刻下令，把该发动的飞机发动起来。

朝着出站方向的四架飞机，螺旋桨立刻旋转起来，飞机颤动着朝前方动了动，但是挣脱不了捆绑着的钢绳。一会儿，四架飞机的冲力，居然带着那一列平板车厢，慢慢地朝前移动，那速度越来越快，火车的车轮在铁轨上发出"咔嚓咔嚓"的有节奏的声音，终于越开越远，消失在前往目的地的钢铁线上。

白卫军的骑兵，眼看飞机拉着火车开走了，只得撤出了车站外围。卫队队长收拾战场，对亚尼科夫聪明的举措十分钦佩，立即打电话给上级，建议表彰这位红军指挥员。

神秘的电波

1941年，德国法西斯悍然发动了代号为"巴巴罗萨计划"的侵苏战争。

在被"慕尼黑协定"出卖了的捷克苏台德地区，利贝雷茨的德国占领军首脑赫茨上校，是戈培尔的忠实追随者，他坚信"谎言重复一千遍，也会变成真理"，上任后的第一件大事，就是在利贝雷茨全城拉起了由许多高音喇叭组成的宣传网，每天12小时转播柏林电台的广播，用赫茨的话来说，柏林的声音好比心脏在跳动，饭可以不吃，广播不能不响。

利贝雷茨的市民们，对整天"哇啦哇啦"的广播可不欢迎，但是，那一阵比一阵更高的调门，震荡在每个角落，让人躲也躲不了。大家只能暗暗在肚子里嘀咕，自己编造一些反驳、挖苦柏林宣传的话。这些话渐渐在人群中流传，被称作"利贝雷茨电台广播"。

到了秋天，东线的战事已经渐渐转入相持阶段，而柏林的新闻，还在一天比一天叫嚷得更响。这一天，赫茨上校按时到了办公室，他把窗户打开，背着双手站在窗前，踌躇满志地一边听广播，一边扫视着脚下车来人往的大街，还不住地微笑、点头。

这时广播里正播送着东线战况，柏林的播音员用高昂的调子，像唱诗一样说："强大的德军先头部队已经进攻到离莫斯科城只有15公里的郊外，我们的侦察员已经能用望远镜看到克里姆林宫的红星。只要再往前走一步——"正当播音员想卖个关子，说出那关键的一句时，喇叭里突然跳出一句话："就会走进坟墓。"

刹那间，整个利贝雷茨的时间仿佛突然停顿了一秒钟，赫茨上校伸出手指掏了掏耳朵，这才听到广播员接着讲完他的话。上校摇了摇脑袋，转过身子回到办公桌前去。

广播还在继续，这回是宣布空战结果。广播员提高喉咙问："德国公

民们，你们知道俄国人有多少架飞机被击落？有100架！"在他广播的间歇里，喇叭里又冷不丁跳出冷静的一句插话："那么德国飞机被击落多少呢？一定不止100架。"

这一次，所有的人都不再怀疑自己的耳朵。那幽默的插话，不正是"利贝雷茨电台"的声音吗？骑在自行车上的，走在人行道上的，全部行人都停了下来。

广播在继续："伟大的统帅希特勒一定会带领我们取得最后的——""失败！""整个世界会变成日耳曼民族生存的空间——""梦想！""柏林广播电台，新闻到此结束！""明天再继续收听谎言！"

噢！"利贝雷茨电台"，人们心底里的声音，今天终于在广播里响起来了。整个城市的人都兴高采烈，奔走相告。而那位热衷于戈培尔信条的赫茨上校，气得直捶桌子："快！快关闭广播，放音乐！放德国歌曲！"

一连两天，广播站的德国技师昏头昏脑地检查广播器械。每一个零件都查过了，证明没有任何毛病。赫茨上校下令重新打开广播。可是，只要柏林的新闻节目一开始，那个神秘的声音又闯了进来，每一则消息，他都会用最简洁、最幽默，有时是最挖苦的话加以评论，逗得市民们咬住下唇，几乎憋不住笑。

"电台！"德国技师绝望地喊："地下电台，他们知道广播的频率。"于是赫茨上校不得不放弃柏林电台，更换慕尼黑电台的波长。打这以后的第一天，那怪声沉默了，但到了第二天，"利贝雷茨"的声音又响了起来。赫茨气得下令组织人员搜索地下电台，挨户搜查、分区停电、交叉定位……什么手段都用上了。

说来也怪，当搜索行动展开的时候，那地下电台就沉默起来，搜索行动稍有松懈，那声音又响了，不过插进新闻中的话变得更短。好在市民们只要能听到击中要害的片言只语，已经十分满足，因为它点燃了人们心头的希望。

暴跳如雷的赫茨上校，从德国请来了侦察电波信号的专家进行侦破。终于，他们在市中心教堂的避雷针上，找到了一条输送信号的电线，那电线的另一端则通向附近一所公寓，公寓里住的，是德国军队占领前市广播台的年轻工程师——单身汉杜布克。这位精通无线电的年轻人，就在德国人的眼皮底下，用自己装配的简易电台，向柏林的电波中输送自己的信

号。

　　找到了地下电台，赫茨上校却没能逮住杜布克。杜布克工程师三天前就悄悄离开了利贝雷茨，他带着自己的皮箱，来到了波兰、斯洛伐克和匈牙利三国交界的山区，那里有抵抗德国的游击队。在游击队的总部，杜布克组织了通讯电台，负责跟同盟国的电讯联络。

　　每当冬天来临，德国部队无法进入山区围剿的宁静时刻，杜布克工程师总要摆弄他的小型发射装置，向周围广播游击队的消息。他把自己的发射台称作"利贝雷茨第二广播台"。

大风吹不弯的树枝

第二次世界大战已经打了三年多了。在苏军和德军的战线上，出现了暂时的对峙状态。双方都在积聚力量，寻找战机，进行决战。

应该承认，德国的战争机器还是强大和有效的，虽然经历了莫斯科城下和斯大林格勒的惨败，那些德国军人还是要顽抗到底。这一次，他们的目标是穿过高加索山脉，去夺取巴库，以便给德军的坦克就地输血，解决燃料不足的难题。

想不到，德军在罗斯托夫附近就遇上了苏军的抵抗，战线一下子胶着起来。德军的前线司令伤透了脑筋，千方百计在想办法，要找到能突破苏军防线的方法。

秋天到了，德国的将军们终于找到了一个理想的突破口。在红军的两个集团军的结合部位，有一个苏军重要的阵地，兵力配置不算强大，而且孤零零突出在整个防线的前面，两个集团军对它的支援也稍显薄弱。

新的发现好像给德军的参谋们打了一针强心剂，他们立刻蠢蠢欲动起来，精心策划了一个代号叫"楔子"的作战方案，准备夺取苏军的这个阵地，为奔袭苏联的石油产地撕开一个缺口。

德国的将军们觉得，这一次作战绝对不能再失败了，一定要结集重兵，用迅雷不及掩耳之势一举拿下突破口。他们在自己最精锐的师团中间，挑选出一支先遣队，准备偷偷地潜伏到苏军阵地前沿的灌木丛中，一旦战斗打响，他们就是决定胜负的力量。

"楔子"行动实施的前一天，这一支主要由狂热的党卫军组成的先遣队，趁着朦胧的夜色，从德军阵地出发了。为了掩护这支部队，德军下令所有其他队伍一律停止军事活动，整个南线呈现出少有的宁静。

天亮之前，德军的参谋部接到报告，突击的先遣队已经进入了阵地，只等预定时间一到就可以投入进攻。参谋们已经准备好了香槟，中午，等到苏军开中饭时的换防，信号弹就要升向天空。

黎明时分，苏军的一支侦察小分队，来到阵地前沿，做例行的晨间侦察。

初秋的露是那么重，风也渐渐大起来，把露滴洒向大地，仿佛在下着细雨。侦察兵伊凡诺维奇拨开眼前被大风吹得晃晃摇摇的树枝，从空隙中伸出了望远镜。

开阔地还是那么开阔，森林还是那么稠密，一条小河在远处流淌，隐隐约约的德军阵地沉没在地面升起的薄雾之中。没有车辆，没有队伍在调动，一切都十分正常，寂静得让人感到不可思议，因而也让人担心。

伊凡诺维奇正想转移一个观察地。突然，他把望远镜停在一个观察点上。那是离苏军阵地不远处的一个灌木丛。

从表面看来，这一灌木丛虽然很大，却和其他地区一样，并没有什么可怀疑之处；但是，就在灌木丛的中心地带，有几枝灌木，奇怪地侧向迎风的方向，这就不对头了。

风是那么大，灌木枝条应该被风刮向一边，为什么会有一两个枝杈反而迎风倾倒了呢？最大的可能性是有什么重物挂在枝头上。有谁会到这片双方阵地的中间地带，在灌木丛中心去挂上一两件重物？侦察兵伊凡诺维奇立即想到了潜伏的敌人。从作战经验中，他知道那里正是自己阵地的最薄弱之处。

事不宜迟，伊凡诺维奇立即用电台向指挥部报告了自己的发现。指挥部立即行动起来，东西两个集团军全线进入了戒备，并且各派遣一支预备队，加强结合部的防御力量。

苏军火箭炮部队接到命令，立即开赴战线的突出部，听从当地指挥所指挥，消灭一切可能来犯之敌。

发动机轰鸣起来，汽车拉着火箭炮迅速前进，很快就进入了预定阵地。就在德军预定进攻时间前一个小时，苏军的火箭炮开火了，喀秋莎炮架上，一枚枚炮弹怒吼着飞向天空，密集的炮弹落到伊凡诺维奇发现的那块灌木丛中，顿时，那里冲起大片火海。德军的先遣队来不及发出告急的电报，就全部葬身在钢铁与火的洪流之中。

"楔子"计划就这样化为泡影。迎接德军参谋们的，不是开香槟酒瓶的爆响，而是苏军火箭炮的轰鸣。突击计划的破产，也宣告了德军夺取石油计划的失败。

从危机四伏到化险为夷，苏联红军这次战役的胜利，全靠有明察秋毫的侦察兵，是他从树枝摇摆的细微迹象中，机敏地发现了敌情。

桦 皮 靴

　　1944年5月，正是第二次世界大战的转折关头。斯大林、罗斯福、丘吉尔三巨头在德黑兰碰头。三巨头在会议上经过激烈的讨价还价，决定从东方和西方同时开辟对法西斯德国的战线，同盟军的总攻目标，就是柏林。

　　在柏林，希特勒的总参谋部也在研究苏联红军究竟会在哪里发动攻势。根据飞行侦察的结果，四个军的红军坦克部队正在向乌克兰行进。那里是一片开阔的草原，最适合坦克的集团进攻，于是，他们认为，乌克兰将是苏德决战的战场。根据这种分析，整个法西斯战争机器立刻运转起来，人员、装备不断地拥向顿河沿岸。

　　就在这时，苏联统帅部的朱可夫，却奉斯大林的命令，悄悄来到白俄罗斯前线，观察地形，研究从这个最不可能发动进攻的战线，发起直捣德国法西斯大本营的总攻方案。

　　从白俄罗斯发起总攻，当然是十分理想的地点，这里离波兰不远，直捣华沙之后，前面最大的障碍就是奥得河，河的那边，柏林遥遥在望。

　　但是，在红军的前进道路上，布满着沼泽地，别说重达数十吨的坦克车，就是普通装备武装起来的步兵，行进也十分困难，稍不留心就有陷入没顶泥潭的危险。大规模的战争，免不了拼装备、拼钢铁，但谁也不会愿意让自己的钢铁洪流，深深地陷在沼泽地中。正因为这个原因，德军并没有把沼泽地对面的波兰第一军团和它的司令官华西里耶夫斯基放在心上。

　　华西里耶夫斯基陪着朱可夫，在泥泞的沼泽地已经视察了三天。在他们面前，除了泥潭，还是泥潭，苏军的坦克，从哪里通过这块不可逾越的障碍呢？

　　已经到了纵横交错地密布着战壕的最前线，皮靴踩在战壕里的泥水中，"叽叽"地响着，溅起一团团泥浆。随行的副官劝道："元帅同志，

再往前，就是侦察兵的权利了，我们还是回去吧。"朱可夫紧紧地抿住双唇，一声不吭，举起了双筒望远镜。战壕里，静得空气几乎要凝结成冰块。

正在此时，战壕前不远处的白桦林里，突然传来一阵密集的枪声，子弹嗖嗖地从头顶飞过。副官急了，又叫了声："元帅同志……"没等他说完，朱可夫眉头打起了结："慌什么？现在我们就是侦察兵，替斯大林同志到前线来执行侦察任务！"

"看！"朱可夫身子朝前靠了靠："华西里耶夫斯基同志，那是谁？"战壕里，一只只望远镜都朝向白桦林。林子里，有两个身影正迅速地移动着，直朝红军阵地靠近。

望远镜里，看得清清楚楚，那是红军的两位侦察兵。其中一位红军战士已经负了伤，被他的战友扶着，两个人一同往回撤。出了树林，他们正遇上一片沼泽。平时一个人空着手经过尚且困难，两个人挤在一处怎么行？副官回头招呼了一声："警卫，快通知附近部队接应他们。"

举着望远镜的朱可夫却喊了一声："慢！"继续着他的观察。果然，奇迹发生了，那两位侦察员不仅没有遭到没顶之灾，反倒在又软又烂的泥地里行动自如。到后来，受伤的那位迈不动步了，他的战友竟把他背了起来，吃力地一步一步跨出了泥沼。"快，"朱可夫命令副官，"把那位侦察员找来。"一会儿，副官把侦察员带到朱可夫面前。他一身泥泞，"啪"的一碰皮靴，举手敬了个礼："元帅同志，上士乌里扬诺夫奉命前来！"

满战壕的官兵从头到脚仔细地瞧着这位貌不惊人的普通战士，看得他瞪大双眼环顾四周，竟忘记放下举起的右手。过了好一会儿，才讷讷地说："元帅同志，我刚从那边回来，要不要回去换件衣服……"

"不用，不用，"朱可夫脸上绽出笑容，"上士同志，你的装备好像不全，是吗？"装备？乌里扬诺夫更纳闷起来，双手迅速在周身摸了一遍。看到朱可夫指了指他那双皮靴，这才笑起来："是的，元帅同志，我把桦皮靴扔在沼泽里了。"

桦皮靴？那是什么玩意儿？乌里扬诺夫报告说："我们西伯利亚也有好多沼泽，为了行路方便，用树枝圈个大鞋垫，铺上桦树皮，绑在皮靴底上，就不会陷进泥淖里去了。元帅同志，要不要替您做一双？"

听完上士的报告，朱可夫跟华西里耶夫斯基迅速交换了一个会意的眼色，对上士说："好！我们一同去找个沼泽试一试你的桦皮靴。看来我得替你申请勋章啦，上士同志。"

第二天，朱可夫便离开了白俄罗斯。半个多月以后，红军在希特勒万万没有想到的沼泽地上发起了总攻。士兵们个个足登桦皮靴，行走如飞地把一棵棵白桦树平放在沼泽地里，一辆辆坦克沿着树干铺成的路，缓缓通过泥泞的道路，冲向苏联和波兰的国境线。树干就是坦克的桦皮靴。

用探照灯作战

当1945年的春天降临奥得河畔的时候，人类历史上最惨痛的一场悲剧已经接近尾声。强大的苏联红军已挺进到奥得河东岸，数万门大炮，近万辆坦克，数千架飞机，组成立体的钢铁洪流，准备给法西斯的老巢柏林以致命的打击。60公里的距离，已经无法阻挡正义的铁拳。

但是，垂死的野兽绝不会束手就擒，他们一方面把希望寄托在600公里外的英美联军身上，妄图跟西方盟国单独媾和，在同盟国中间制造矛盾，另一方面把所有的精锐兵力，集中在奥得河边。这最后60公里，确实不是一条轻易能够通过的道路。

指挥这最后一战的是红军最著名的元帅朱可夫。如何在这块狭小的战场上一举击溃法西斯的垂死挣扎，首先冲进柏林，朱可夫早已胸有成竹。他把各位将军找到指挥部，召开了战前会议。会上，朱可夫提出了夜间作战的方案。他说："战斗一开始，我们就要彻底摧毁德军仅存的一丝顽抗意志。我已经准备了强大的探照灯群，炮火一旦打响，探照灯立刻射向德军阵地，这不仅能让德军手足无措，也能指引我们的坦克和步兵顺利前进。"

元帅的方案，立刻引起全体将军的议论。好几位身经百战的司令员担心，整个反击战开始以来，我军从未进行过大规模的夜间作战，探照灯能让我军看清前进的道路，也暴露了我军的位置，他们怕这么作战弊大于利。听了几位将军的发言，朱可夫元帅并没有作出决定，他看了看手表，已经是下午5点多了，便笑了笑宣布说："已经该吃饭了，会议暂停，两个小时后，我派汽车来接大家，到新的地点继续开会。"

天黑之后，几辆吉普车接走了各集团军司令。汽车在颠簸的道路上行进了一刻钟，突然拐进一处布满工事的试验场。四周静悄悄的，下了车的司令员们，只能模模糊糊看到一块空地上站着一群人。走近了才看清，那

是朱可夫元帅和他的副官及卫队战士。

司令官们正想开口询问，朱可夫却突然举起手，喊了声："开始！"猛然间，从将军们的对面，射来七八道强烈的探照灯光，一下子把他们的双眼照得几乎失明。他们吃惊地用双手遮住眼睛，一时不知如何是好。这时，朱可夫却轻轻松松地走近将军们，大笑着说："司令员们，对于我的计划，你们还有什么意见？"当只剩下一盏探照灯还亮着的时候，将军们才适应了四周的一切。他们还会有什么不同意见呢？

所有的准备工作完成之后，在规定的时刻——4月16日深夜，奥得河东岸，数万门大炮吼叫起来，成百成千吨钢铁倾泻到德军阵地上。当炮火向纵深延伸时，苏军阵地上，数百盏功率强大的探照灯突然亮起来，一齐照亮了德国阵地每一条战壕，每一座碉堡。

刚刚从电闪雷鸣般打击下苏醒过来的德军士兵，正想从掩体里抬起头来，准备应付红军的攻击。可是，等候他们的，是一片耀眼的光芒，耳边只听到坦克隆隆的推进声，飞蝗般掠过耳边的子弹呼啸，以及红军战士震天的冲锋呼喊声，他们的枪不知向哪个方向射击，他们根本看不清周围发生的一切。惊慌的德军士兵不知道红军发明了什么新式武器，一齐扔下手中的枪，扭头便往后撤退。

往后跑的路，他们倒看得清清楚楚，因为这时候，他们正背对着探照灯。有几个德国兵想回过头来射击，可是，探照灯光立刻刺花了他们的双眼，他们发射的子弹，不知道飞到哪儿去了，在后面追击的红军战士，立刻准确地消灭了这些顽抗的敌人。

德军的防线全面崩溃，红军战士跟随着坦克已经冲到德军最后一道防线的前面。这时候，情况发生了变化。这里离开苏军探照灯群的阵地已经有了很长一段距离，灯的光线已经不像前沿阵地那么强烈，固守在碉堡里的德军开始适应了那强烈的光芒，各处的火力开始射击，一下子，把进攻的红军压在阵地前面，双方开始了对射。

阵地里，德军的指挥官声嘶力竭地叫喊："集中火力，快，把探照灯打灭！"成百上千的德国火炮开始瞄准远处强烈的灯光，就要倾泻出大量的炮火。

这时候，整个大地突然一片黑暗，朱可夫已经下令熄灭了所有的探照灯。顿时，战场陡然陷入一片漆黑之中，德军的士兵又变成了瞎子，看不

清四周的一切。

当他们在黑暗中恢复了视力，已经来不及了，苏联红军的坦克已隆隆地压了过来，后面，红军战士紧跟着迅速前进。红军战士冲进德军的防御阵地，双方展开了你死我活的肉搏。

在一片厮杀声中，红军的探照灯群向前移动了一段距离，又一齐亮了起来。面对灯光的德国兵无法在强光照射下抵抗，终于又扔下武器，慌忙朝柏林方向撤退。天亮的时候，奥得河防线已经彻底崩溃。

刘备借荆州

三国时期，诸葛亮想攻四川，但中间隔着荆州，那是周瑜的地盘。诸葛亮一心想把这块宝地弄到手，作为攻四川的跳板，就是想不出办法来。这天，侍卫来报，周瑜的谋士鲁肃来见。诸葛亮把手一拍："有了！"

刘备正想问，诸葛亮写了张纸条往他手里一塞，上面写了一个"借"字。刘备觉得挺可笑的，人家夺来的地方能借给你？

就在这时，鲁肃走进大帐，刘备上前牵住他的手，不知怎地眼眶顿时湿漉漉的。

鲁肃见刘备这个模样，顿时慌了，忙问："刘皇叔这是何故？"

刘备拿起衣袖擦了擦眼角，欲语还休，叹了口气说："不说也罢，子敬请上坐。"

鲁肃说："刘皇叔不肯说，定是在下有何对不起皇叔的地方，我怎能上坐，还是走吧。"

这下轮到刘备慌了，他一把拉住鲁肃，不住道歉道："子敬切莫多心，我并无他意，只是心情烦闷，这才流泪，这与子敬并无相关。"

鲁肃听了，这才落座。但看见刘备仍是不住拭泪，心觉不忍，又道："皇叔定是有什么为难之处，不妨说来听听，子敬虽不才，说不定也能帮皇叔出出主意。"

刘备听了甚是感动，可他还是一个劲摇头，不说什么，搞得鲁肃都急了起来。这时，一直在旁默不作声的诸葛亮开了口："子敬不知，我家主公真有为难之处呀！"鲁肃道："是何难处？"诸葛亮道："我军准备攻打四川，可中间却隔着个荆州，说打吧，要打扰荆州，主公甚是过意不去；不打吧，又没个落脚之处。这才一筹莫展的。"鲁肃不语。

诸葛亮又道："依我之见，原是现在便可出兵，但主公一味不依，只担心打起来，骚扰荆州，伤了我们和周都督之间的和气……"

鲁肃心烦了，劝道："刘皇叔别难过，我一定尽力。"

诸葛亮马上说："我们只想借一借荆州，以后一定归还。"

鲁肃接着问："借？借多久？"他又犹豫了片刻，说："要借，最好立个字据。"

诸葛亮连忙取来笔墨，立据、签字、画押。鲁肃带着字据回到荆州，将借荆州一事与周瑜说了。周瑜听后，勃然大怒，说道："那诸葛村夫之言岂可轻信？"

鲁肃忙道："都督莫要生气。虽说这荆州是兵家必争之地，但北有曹操，南有刘备，夹在中间，腹背受敌，不如借给刘备，做个顺水人情，将来联合对付曹贼也好有个由头。"

周瑜站起身来，在房内踱来踱去，他想话虽有理，可我怎能松口，叫那诸葛亮知道了，不正合了他的心意？

鲁肃见他面色有变，知道他已同意，只是不肯向诸葛亮低头而已。他想起刘备眼泪汪汪的样子，又向周瑜恳求，还说赤壁之战之所以获胜，正是和刘备联手的结果。现在人家有难处，我们岂能袖手旁观？周瑜说："话虽如此，可那诸葛村夫诡计多端，我可信不过他。"

鲁肃道："都督莫要担心，我有字据在手中，难道还怕他赖不成？"

周瑜想想也是，字据在我手中，何须再怕？就说："既然你已经签了字，我还有什么话好说的，不过，等到冬天，一定要还！"

于是，鲁肃便将荆州借给了刘备。

转眼就到了第二年冬天，诸葛亮毫无动静，并不说起还荆州的事。

周瑜对鲁肃道："莫非那诸葛村夫想赖账不成？"

鲁肃道："不会吧，孔明不是那种无赖的小人，待我前去催催，望他们能把荆州还给我们。"

鲁肃见到诸葛亮，便提之前借荆州之事。但诸葛亮只是微微一笑，并不直说，只是叫他回去将那张借据看清楚再说。鲁肃回去将此事说与周瑜，周瑜听了，忙叫他把那张借条再拿出来看看清楚，到底那诸葛亮的用意何在。上面写着："今冬借明冬还。"

周瑜失声惊呼：“哎呀不好！哪个今冬，哪个明冬并没有写清楚，他是想拖到哪个猴年马月才还？呀！又上了那诸葛村夫的大当了。”

荆州到手，诸葛亮真的赖着不还，问他，却说还没攻下四川。若真的攻下四川，到底还不还，还是个问号。

难怪民间有句谚语：“刘备借荆州——有借无还。”

华盛顿重创英军

1776年7月4日，大陆会议通过了举世闻名的《独立宣言》，一个崭新的国家——美利坚合众国诞生了。不甘心丧失在美洲利益的老牌殖民主义国家英国，立即组织了大量援军，源源不断地开进加拿大港口哈里发斯克，他们把攻击的目标定为纽约和哈得逊河谷地带，妄图切断新英格兰地区与南部的联系，占领当时大陆会议所在地费城。一场严峻的考验等待着新国家和它的司令官华盛顿将军。

双方的力量是那么悬殊！英军司令郝将军率领着英国武装力量的半数，达到56 000人，而华盛顿手下的正规部队，却从未超过两万，更何况英军装备精良，训练有素，而华盛顿的部队是各州的民兵部队刚刚拼凑起来的，连服装都不整齐。

很快，各州部队抵挡不住两倍优势兵力的进攻，纽约失守，许多官兵被俘，军械装备损失惨重。大陆会议十分震惊，匆匆忙忙逃出费城，躲到了巴尔的摩城。节节后退的严峻形势大大挫伤了美军的军心，眼看着灭顶之灾就要降临到这个年轻的独立国家头上。

44岁的总司令华盛顿还留在费城地区，他在费城组织了义勇队，又得到宾夕法尼亚民兵的支援，决心跟英军拼斗。

但是，华盛顿知道，凭自己这点力量去跟英军正面作战，无疑是以卵击石。要紧的是抓紧机会，给英军几次打击，挫一挫他们的气焰，这样才能提高自己士兵的士气，巩固新生的合众国。

机会终于来了。12月底，圣诞节快到了，英军暂时停止了进攻，一部分士兵已经在打点行装，准备回国休假。处在英军和美军交战前沿的特伦顿阵地上，英军方面也是一派节日景象，甚至在战壕里也放上了圣诞树。

华盛顿看准了英军的麻痹和疏忽，就在圣诞那天晚上，突然袭击了特伦顿。这一下，正在寻欢作乐的英军可惨了，哨兵一下子被歼，武器还锁

在仓库的士兵们大批大批成为俘虏，武器完完整整落入美军之手。这是美军取得的第一次大胜，全军上下，欢声雷动。

华盛顿可没有这样乐观，他知道，受挫的英军一定会拼命反扑。果然，郝将军被激怒了，他取消了回国休假的计划，让康华利斯率领7 000英兵，回到特伦顿给华盛顿一点教训。

康华利斯确实非比寻常，带兵重返特伦顿地区后，立刻安排下钳形攻势，特地派一支部队迂回到华盛顿部队的侧后，对美军形成了包围态势。华盛顿进无实力，退无出路，形势实在是万分危急。

面对这种绝对没有胜算的局面，华盛顿依然镇定自若，他不断派出侦察兵，打探英军动态。事情不出他所料，康华利斯毕竟是位旧式的英国军官，他一心要寻找机会，面对面跟华盛顿的主力决一死战。他像所有英国贵族一样，十分要面子，觉得在哪里把脸丢了，就要在哪里把尊严找回来，因此，他把自己的主力放在特伦顿一线，另一支部队只是在普林斯顿伺机出击，夹攻华盛顿。华盛顿只有避实就虚，才有可能取得下一仗的胜利。

新年已经过了，1月的北美洲，寒风劲吹。天寒地冻。在特伦顿军营里的康华利斯已经做好准备，第二天就要摆开自己的军队，去踏烂美军的阵地。傍晚的时候，他又一次来到前沿，观察美军阵地。这位英军战将看到，美军阵地上已经点起一堆堆篝火，略略数了数，比昨天似乎又添了许多，火堆旁边，还可以看到美国佬正在拼命地挖战壕。他不禁暗暗一笑：好哇，给他们一点颜色，他们倒开起染坊来，真是不知道死到临头。

回到司令部，康华利斯立刻下令：除值班人员和哨兵外，其他人员今夜一律休息，养足精神，明天跟美军决一死战，一定要报圣诞节的一箭之仇。

天很快黑了，两军阵地终于沉寂下来。只有那些篝火还在燃烧，一批感到明天大战压力不轻的美军士兵还在拼命地挖着战壕，他们的长官不时吼一声，责骂那些累得想偷一下懒的士兵。

谁也没注意，就在天擦黑的时候，从美军军营悄悄地走出了一大队人马，他们个个偃旗息鼓，开始了一夜的奔袭。他们的目标是西边的普林斯顿的英国军营。根据华盛顿的判断，普林斯顿的英军正等着康华利斯的命令，对美军进行夹攻呢。

　　一夜很快就过去了，天刚蒙蒙亮的时候，普林斯顿英国军营还一片沉寂。他们就像已过去的那几天一样，在等待里开始，又在等待中结束，一切都为了跟华盛顿部队作战开始的那一刻。

　　现在，他们不必等待了，华盛顿和他的士兵不请自到。战斗很快打响了，美国士兵撒开了散兵线，呼啦一下把英国兵营包围了起来。到处看不到列队的敌人，到处都有枪声，手足无措的英国士兵根本不知道如何是好，精良的武器和良好的队列训练都没有用了。英军再次被突然袭击打得昏头昏脑，损兵折将，装备尽失。

　　在特伦顿，康华利斯一觉醒来，突然发觉阵地的对面已经没有了敌人，没过多久，普林斯顿就传来消息，华盛顿又借机吃掉了他的一支配合部队。

　　以后的一年中，郝将军拼命寻找华盛顿的主力作战，在9月份甚至占领了费城。但是，华盛顿总是避实就虚，开展游击战。由于特伦顿和普林斯顿的胜利，美军士气大振。双方纠缠了半年之后，由于害怕美军截断后援，英军不得不撒出费城，后来又撒出了纽约所在的新泽西州。

海军斗海盗

熟悉美国的人都知道，美国现在拥有世界上最强的海军。航空母舰大得像一座漂浮的城市；核潜艇可以深藏在海底很长时间不露出海面；护卫舰、导弹巡洋舰、远洋补给舰队组成完整的系统。

可是，你是不是知道，在美国刚刚建立的时候，他们连一艘像样的军舰也没有，要跟英国军舰作战还要依靠法国舰队的支援。直到第一任总统华盛顿即将离任的时候，才勉强成立了一个海军部。开始时只有十二艘战船，发展到18世纪末，他们才有了几百艘中等战舰，目的只在于保卫沿海的运输。有些战舰甚至只装了一门大炮。

后来，远洋运输业发展起来了，美国终于也拥有了一些可以出远洋的战舰，那些军舰上有几十门大炮，可容纳三百多名水兵。可惜军舰数量太少，根本无法保护挂美国旗的远洋运输船队。为了使出没在大西洋上的海盗船放过美国船只，当时的美国海军不得不向海盗们妥协，每年按时缴纳一笔巨大的贡金。一个国家的海军要送钱给海盗买条航路，真让人越想越觉得好笑。但是，当时的事实确实就是这样。

大海在呼唤着英雄，军旗在呼唤着英雄。每一位穿上军装的水兵，都想为国家的荣誉，为免除军旗蒙受耻辱而战。斯蒂芬·德凯特就是这样一位为美国海军崛起立下汗马功劳的英雄。

故事发生在1804年。三年前，以黎波里为基地的海盗胃口越来越大，他们嫌美国海军给的贡金太少，竟然下令砍断了美国在当地领事馆前的旗杆，还公开宣布在海上跟美国宣战。

美国总统杰弗逊当然不肯在海盗面前低头，他指示海军，组织一支舰队讨伐海盗，雪洗有损国家荣誉的奇耻大辱。

可是，力量弱小的美国海军在这以后的征讨战中并没有取得任何战果。商船屡遭袭击且不说，就连海军一艘先进的快速炮舰"费城号"，在

跟海盗的遭遇战中，也被一群海盗船逼得搁浅在黎波里海域，全舰三百余名官兵当了海盗的阶下囚。"费城号"连同它所有的武器弹药都落入海盗之手，被安置在黎波里港的入港口，既作为海盗的战利品展览，又成为控制港道的海上堡垒。美国海军真是丢尽了脸。

令人无法忍受的羞辱激怒了德凯特，这位年轻的"无畏号"战舰舰长主动请缨。尽管当时的美国海军还没有力量扫平海盗巢穴，但是自己的战舰"费城号"决不能成为美国海军的耻辱柱。他决心冲进黎波里港，亲手把"费城号"烧毁，用这个行动表达与海盗不共戴天的坚强决心。

他的计划得到批准。2月16日，"无畏号"战舰在稍作伪装之后，悄悄地向海盗盘据的黎波里港湾驶去。

一路上，"无畏号"遇上了风暴，船的部分设施受到轻微的损伤。德凯特乘机下令，把船伪装得更巧妙，远远看去，好像是一艘被风暴严重损坏了的商船。

黎波里港快到了，德凯特用望远镜做了细致的观察：海盗的这处老巢，防守得太严密了。山坡上有海岸炮，山头上有高高的瞭望塔，小艇在港口游弋，而航道正中，"费城号"用好几只铁锚固定在海面，船上所有的炮一齐朝向入港的方向，每门炮前都站着几名火炮手，看来炮弹都上了膛。要靠近它，一定要付出极大的伤亡。好在德凯特已做好部署，因此依然不紧不慢地朝海港驶去。

果然，"无畏号"还没进入港口的航道，哨兵乘坐的巡逻小艇便飞速朝前驶来。船上的海盗已扯着大嗓门在高喊："你们是干什么的？没得到允许，不准进港！再不停下，我们要开炮啦！快报上话来！"

伪装了的"无畏号"上，立即站出一位化了装的领航员，说一口流利的阿拉伯语："我们是阿拉伯来的商船，昨天在海上遇到风暴，锚也丢了，船也被损坏了。请允许进港避风，同时修理一下船只，我们一定按规矩付钱！"

海盗要的就是钱，阿拉伯商船是有名的肥羊，自动送上门，正好剥它一层皮。巡逻船上的哨兵当即一口答应下来，把航道指给领航员以后，自顾自又去巡逻了。

"无畏号"还是不紧不慢地往里开，离航道中心的"费城号"越来越近，早就安排好的海军官兵也按计划站好了自己的位置。船上的气氛立即

紧张起来。

"费城号"上的海盗，谁也没留心靠近来的阿拉伯破船，他们关心的是远处可能出现的入侵者，他们的炮也只能轰击远处的目标。时隔不久，两艘船终于靠在了一起。

就在"无畏号"跟"费城号"擦肩而过的一刹那，德凯特一声令下，率先跳上了阔别已久的"费城号"甲板。二十多名海军官兵跟着飞身而上，一会儿，毫无防备的海盗炮手们，一齐倒在炮身旁。

紧接着，德凯特带着士兵，在"费城号"前前后后的船舱里放了火。然后，德凯特下令撤退。"无畏号"再也不是病恹恹的模样，调转船头，飞速朝港外驶去。

十几分钟后，"无畏号"已经远离了火炮射程，海军士兵们回头再往海港瞧去："费城号"上已腾起熊熊的烈火，船舱里的火药也被点燃了，传来一阵阵震天的轰鸣。作战计划圆满完成，不费一兵一弹，烧毁了象征美国海军耻辱的那艘"费城号"。

"无畏号"的英勇行动，立刻震惊了大西洋各条航线。海盗们开始对美国海军不敢小觑，德凯特和他的水兵们掀开了美国海军历史新的一页。

彩色炸弹

第二次世界大战期间，美国海军的一艘驱逐舰"林肯号"专门在澳大利亚的悉尼港和洛德豪岛之间游弋，它的主要任务是保卫盟军的这条作战供给线，保持这条海上通道的畅通无阻。他们的主要对手是日本海军。

这儿离日本本土很远，离日本占领的菲律宾也有几天航程，因此，"林肯号"驱逐舰上的官兵们几乎遇不到战斗，每天差不多只是例行巡逻，在印度洋所属的这个塔斯曼海里开来开去。

驱逐舰上有个叫梯比尔的小伙子，是美国南加利福尼亚人，喜欢阳光，喜欢海洋，更喜欢吃水果。他的一班军中伙伴，也跟他一样迷上了水果。好在澳大利亚有的是各种叫不出名来的水果，又多又便宜，可供他们尽情享受。因此，梯比尔和同伴们只要一回到悉尼，就采购一筐又一筐水果，把它们藏在甲板上的篷布下，随吃随拿。

这一天，梯比尔和几个好朋友躺在甲板上，边晒太阳边嚼水果，突然，塔台上的警报响了起来，吓得他们一时晕头转向，乱成一团。

原来，有一艘日本潜水艇就在他们的眼皮底下露出了水面，密封门一开，竟跑出十多名日本兵，一下子在甲板上散了开来！

哪有这么作战的？！

潜水艇攻击驱逐舰，只需在水下发射鱼雷，怎么要露出水面，像开联欢会似的大眼瞪小眼？

其实，这是一艘新启用的日本潜水艇，官兵都刚从德国培训回来，连潜水艇也是希特勒赠送给他的法西斯朋友的。这些新手很不习惯潜水艇上的生活，他们习惯在空气清新的军舰上生活，因此，常常浮上海面换气。

可以说，双方的雷达都没有发现对方的存在。这种事在海底地形复杂的塔斯曼海是经常发生的。

但是，这时双方都认为是被对方盯上了，马上就要被打个措手不及。

　　"林肯号"舰艇上慌乱了几分钟后，值班军官终于发出向日本潜艇开火的命令，但是，连开五炮，一发也未命中。

　　日本潜艇的指挥官慌了阵脚，只得下令全速向"林肯号"冲过去。他知道，如果掉头逃跑，潜艇将完全暴露在"林肯号"的火力点中央。

　　果然，当日本潜艇进入"林肯号"的左舷死角后，驱逐舰上的火炮一点也派不上用场了。"林肯号"上的值班军官呆若木鸡，竟拔出手枪，胡乱朝日本潜水艇射击。

　　日本潜艇上的水兵大部分都拥上了甲板，而且根本没法在近距离向美国驱逐舰施放鱼雷。直到潜水艇差不多要撞上驱逐舰，惊慌失措的日本水兵才胡乱挤进潜艇密封舱，关闭密封门，下潜逃命。

　　这时，"林肯号"上的官兵也都不知如何才好：日本潜艇像海豚一样在自己舰船旁潜沉下去，这是多么大的威胁呀！动态中的潜艇是最难对付的，鱼雷、深水炸弹都用不上，更何况，它就在自己的肚皮底下！

　　但是，早在日本潜艇潜入水面之前，梯比尔和他的同伴们就向潜艇甲板上的日本兵发动了"攻击"——他们掀开篷布，胡乱抓起水果筐里的水果，劈里啪啦朝日本潜艇上扔过去。各种水果在耀眼的阳光照射下，在空中画出一道道彩色的弧圈，落在潜艇附近的海里，像是扔过去的各种怪异的炸弹。

　　惊慌失措的日本潜艇官兵根本没看清这些彩色的圆东西是什么，逃进潜艇后就叫嚷道："美国兵扔下了彩色炸弹，快跑，快跑！"

　　奇怪的是，这些"彩色炸弹"并没发出爆炸声，但陷入恐惧中的日军指挥官相信这是一种具有"粘附性的定时炸弹"，下令驾驶人员做不规范的翻转式前进，以摆脱美国人扔来的秘密炸弹。

　　日军驾驶人员完全弄不懂"翻转式前进"是怎么回事，只得胡乱扳动驾驶杆，仓皇逃命。指挥官又命令电讯兵向海军大臣发出急电，声称潜艇被美国驱逐舰奇怪的彩色炸弹袭击，很可能难逃厄运。电文刚发完，潜艇一头撞上了海底暗礁，弹药库爆炸，日本潜艇和军官兵全部报销了。

　　事后，盟军译出了潜艇的电文，一直没搞清"彩色炸弹"是怎么回事。直到梯比尔他们说曾向日本潜艇扔出过各种澳大利亚水果时，调查人员才弄清了这件事。

开进敌阵的战车

1943年夏季，意大利西西里岛的形势非常复杂。美国空降师和墨索里尼的意大利士兵在这里进行拉锯战，一会儿是美军占优势，一会儿又是意大利占优势，双方部队的调动非常频繁。

这一天，美军驻意大利西西里岛第八十二空降师的参谋长泰勒，按照上司原定的计划，带着几个副官，乘着一辆吉普车去视察另一个空降部队。

驾驶员是个出生在西西里岛的美国小伙子，他问泰勒，是否要抄近路到那个纵队的驻地去。泰勒笑着说："当然啦，傻瓜才不愿意抄近路呢！西西里岛的风景哪儿也是美的，你带大家去欣赏新景点吧！"

驾驶员吹了一声口哨，立刻把吉普车拐到另一条山路上。这条路的一边是山岩，另一边是碧蓝的海水，让人看得心旷神怡。泰勒和副官们心花怒放，不知不觉地唱起怀念家乡的美国歌来。

唱着唱着，吉普车拐进了一个绿树环抱的小村庄。突然，泰勒听见一阵哗哗的拉枪栓声。抬头一看，村子里竟有许多意大利士兵，士兵们听见有人唱美国歌，下意识地将子弹推上膛。

敌众我寡，面对十倍于自己的敌人，要靠几支短枪硬拼绝不是上策。但是，这是生死关头，几名副官不由得去摸枪。

泰勒急中生智，暗暗踢了那个出生在西西里岛的驾驶员一脚，说："问他们，我们的美国歌学得像不像！"

小伙子立刻慢慢地在意大利士兵面前停住车子，用最标准的西西里土话问那些意大利士兵说："他们学得很像，对吗？"

有个意大利士兵没弄懂意思，反问道："像什么？他们学的什么？"

驾驶员回答说："学那些美国军官呀，学他们唱美国歌呀！你没听见吗？"

　　有个自作聪明的意大利士兵立刻哈哈大笑起来，说："傻瓜，他们学美国军官，可以混到美国空降师的营地里去呀，这还不懂？"

　　泰勒见自己的初步计划成功了，就用一口流利的意大利语说："你真是伟大的墨索里尼的天才士兵，一眼就看出我们是化了装的意大利兄弟！"

　　但是，那个意大利士兵突然用枪口对准泰勒，严厉地喝道："把手举起来，意大利佬，我们才是真正的美国兵！"

　　泰勒非但不吃惊，反而笑嘻嘻地行了一个意大利军礼，说道："哈罗，美国兵，我向你和你们的罗斯福总统致意！"

　　这是一个标准的意大利军礼，加上他诙谐幽默的口气，弄得围在吉普车旁的意大利士兵都笑了起来。那个士兵也放下枪，还了一个军礼，说："这么沉闷的天气，开开玩笑真好！"

　　吉普车上的几个副官手心里捏出一把汗，笑也笑不出来。这种尴尬神态如让意大利士兵看出破绽，那可前功尽弃了。

　　泰勒索性推了推这几个副官，对他们说："喂，伙计们，混到美国人中间去，别那么提心吊胆，闷闷不乐呀！来，把证件拿出来，让咱们的兄弟们查一查，看能不能找出点儿破绽！"

　　这句话，似乎一下子说到意大利士兵的心里：面对这几个带枪的人，是该查查他们的证件呀！但是，这句话让泰勒说了出来，他们的警觉一下子钝化了。

　　出生在西西里岛的驾驶员第一个拿出自己的证件，乐呵呵地说："哈哈，我是出生在西西里岛的美国上等兵！"

　　泰勒也把自己的证件拿出来，笑着说："美国第八十二空降师参谋长泰勒，我的任务是巡视另一个空降部队。"

　　瞧他们又笑又说的轻松劲，那几个副官绷紧的神经也松弛下来了，掏出自己的证件，通报了一下自己的真名实姓。

　　等他们"彻底坦白"完毕，那些意大利士兵竟认为他们化装得十分像美国军官，齐刷刷地朝他们行个军礼，笑着把吉普车送出了被他们临时占领的村庄。

地堡变坟墓

1945年2月，第二次世界大战接近尾声，然而日本法西斯垂死挣扎，美军和日军在太平洋战区的争夺战仍十分激烈。

太平洋上有个不大的岛屿，名叫硫磺列岛。这岛上虽然荒无人烟，但是正处交通咽喉，谁若占住了它，对方船只就只好绕道而走，故而是兵家必争之地。

此岛离日本近，离美国远，所以日本捷足先登，事先在岛上占据要害，明碉暗堡，密密麻麻筑了许多，而且挖了不少通道，堡堡相通，垒垒连接。一见敌人上岛，一方开火，八方支援，形成了一张很强大的火力网。

美国海军也知道这岛重要，派了一支大部队去攻岛。他们花了九牛二虎之力，牺牲了不少人，消耗了许多武器，总算占了岛屿的一角，但再要往前推进就千难万难了。

上面命令下来：限五天内攻占此岛，不得有误。整个行动由司令员斯普鲁恩斯负责。命令就是命令，死活得攻下来。第二天一早，三个连的人马出发了。他们兵分三路，由南往北进攻。中间这连负责牵制火力，左右两连趁机发动主攻。

可是不论他们从什么方向进攻，日军都用机枪子弹压住你。只要美国军队一动，一切行动尽收日本人眼底，等你走近到离他们两百米光景，他们的机枪就叫开了，子弹犹如倾盆大雨，盖得你连头也抬不起来。

不到半个小时，美军就死了21个人，受伤的更多。

第二次，斯普鲁恩斯可学乖了，他只叫坦克打冲锋。

这岛上山路虽然崎岖，可是坦克的性能不错，爬山不成问题，只是日本军队专做缩头乌龟，就是躲在堡垒里不出来。他虽然没法儿打上你，可是你也拿他没有办法。这样僵持了好一阵，美国人无可奈何，只好快快回

去。

这样一打三天，美军毫无进展，眼看日期已近，美军司令急得眼睛里都冒出火来。

他召开了各兵种的头儿和专家的联席会议，希望群策群力，能拿出一个好办法来。

会开到后半夜，一个工程师少校才说话："打了这几天的仗，我看日本是胜在他们的地堡互相联通，若是能封住他们的入口处，我们就可以各个击破他们了。"

司令眼睛一亮，说："好主意！"

说着，他立即吩咐如此如此。

第五天的天亮时光，日本人突然发现美国人的坦克群一字横队排在离他们不远处，前面一堆堆黑乎乎泥巴一样的不知是什么东西。

正疑惑间，坦克像推土机一般将这些泥巴推了过来。

当时日本人手里还没有反坦克弹，一时间拿坦克没有办法，但是他们自己躲在地堡里面，也不怕他们攻进来。只是不懂这下子美国人想做什么。

正胡思乱想间，这些坦克已经轰隆轰隆将这些泥巴堆到了他们地堡面前。

日本人心想："嘿，还想埋了我们呢。笑话，凭这点泥掩埋得了我们？我们不会挖出去吗？我们且等他们走了再挖不迟。"

谁又知道，第一批坦克刚走，第二批坦克又来，这样一批又一批的，不出半个小时，地堡口和一切通道全被掩埋住了。

躲在里面的日本兵到这时才感到气闷起来，连忙提起铁锹来挖。挖着挖着，这才发觉大事不妙。

原来这些黑乎乎的东西不是寻常泥巴，而是掺拌了胶水的速干高级水泥。堆下不久，它们已经变成了坚硬无比的石块，别说是铁锹，就是钢钎也再难动它分毫。

美国人怀恨在心。他们将水泥直堆到地堡的通道里和枪口炮眼里，利用坦克强大的力量，直往里面压，所以封得很死，不剩一个小孔。

没多会儿，凡是躲在地堡里的日本人没有一个活下来。约两百个人一齐上了西天。

巴格达人质大逃亡

20世纪90年代刚开始，在那个随时都可能爆炸的阿拉伯石油桶上，发生了一场谁也不曾估计到的战争。8月20日凌晨，10万伊拉克大军以闪电战的方式，只用9个小时就占领了它的邻国科威特。全世界顿时像开了锅一般，无法保持平静。

其实，早在8月1日，中央情报局总部就曾接到过中东情报站的报告，说伊拉克的十万大军正结集在科伊边境，有可能对科威特城发动攻击。萨达姆一贯主张，科威特应该是伊拉克一个省，何况那里既有最丰富的石油，又是伊拉克扩大出海口的最佳选择点。

但是，号称世界上万能情报机构的中央情报局，这一次却被萨达姆欺骗了。中央情报局只看到伊拉克和以色列的矛盾。在这20天里，萨达姆不停地向以色列发出威胁，要对以作战，而且声称不惜使用一种神经毒气弹。

美国有五颗间谍卫星监视着阿拉伯地区，平均三秒钟就可发回一张地面图。但是，直到伊拉克发动进攻前几个小时，中央情报局才拉起警报，警告说，伊拉克并不想真的跟以色列开战，它的目标是征服另一位阿拉伯国家。

到这时候，美国惟一可选择的办法，是武装介入，于是号称"沙漠盾牌"的局部战争就在阿拉伯沙漠上拉开了序幕。美国人不得不作出反应，用武力把科威特解放出来，并企图推翻萨达姆的统治。

"沙漠盾牌"行动一开始，萨达姆立刻知道，自己无论如何抵挡不住拥有最新武器装备的多国部队，便立即打出另一张令中央情报局目瞪口呆的王牌，伊拉克将以"人质盾牌"做自己的护身符，所有敌对国家的公民，将与伊拉克一同毁灭在多国部队的炮火中。

偏偏有6名中央情报局特工正在科伊边境侦察伊军动向，战斗开始

时，他们无法撤出，只好混在难民中，逃到了伊拉克首都巴格达，他们将是萨达姆最好的肉体屏障。要打垮伊拉克，首先必须解救这6名美国特工。

但是，要营救自己的特工，美国人无论如何力不从心，突击队如果出现在巴格达，不但会把6位特工的身份暴露，还要搭进更多的美国士兵的性命，他们只能求助于另一个国家，请他们设法帮助6位特工逃出来。

中央情报局向英法两国伸出过求援的手，但遭到婉言拒绝。英法两国在伊拉克也滞留着不少公民，他们是泥菩萨过江自身难保，根本不可能替美国人火中取栗。

这时候，中央情报局局长想到了波兰。波兰在伊拉克有几千名建筑工人等待撤出，6名跟斯拉夫血统波兰工人十分相似的美国特工完全可以混在波兰人中逃出伊拉克，而且波兰人曾给过伊拉克大量援助，良好的国家关系不会使巴格达当局产生疑心。

惟一令人担心的是，波兰曾跟美国有过几十年互相仇视的历史，虽然那里现在发生了根本性变化，但积怨深重的波兰人会不会肯替自己以前的敌人两肋插刀？当然，万一的希望总比没有希望强，走投无路的中央情报局只得向波兰情报机构伸出了橄榄枝。

中央情报局秘密的不速之客来到了华沙。他向波兰强烈地暗示，如果波兰能配合美国营救特工，美国将以它梦寐以求的经济好处作回报。波兰的内务部长听了又惊又喜，还略有些自豪。强大的美国居然向波兰求援，而且这次行动会使两国关系发生历史性的转折，真是一种戏剧性变化的契机呀！他只稍稍迟疑了一下，立即欣然同意了这种合作的要求。波兰派出了自己最优秀的特工，制订了周密的营救计划。同时指示在伊拉克的谍报人员迅速找到美国特工，安排他们混进巴格达附近的波兰建筑工人营地。

波兰的情报官在华沙跟中央情报局特工会面后，接受了数周的训练，然后来到了巴格达，会见那6名疲惫不堪的美国特工。他们替这些人准备了必要的文件和护照，又用了几天时间替他们办妥了巴格达签署的出境证明，为了使这些"回国的波兰建筑工人"更显得逼真，又配备了一名颇有传奇色彩的波兰工程师。一切都准备好了，工程师却发现，这6名美国特工不会拼读自己的斯拉夫名字，只要一开口，任何人都会听出他们的美国口音。怎么办？时间太紧迫，无法再给美国人上斯拉夫语言课。于是他

们叫美国人在生人面前装聋作哑不开口，出境的时候灌几杯酒，装成醉醺醺的波兰工人蒙混过关。

一天凌晨，几辆汽车载着一批波兰建筑工人从巴格达出发到土耳其边境，路途上要开18个小时。路上会不断遭到意想不到的盘查，处境确实危险极了。

刚到摩苏尔市，就发生了可怕的事。波兰汽车刚停下，立刻迎上来一位伊拉克年轻军官，他操着一口纯正的波兰语，向波兰工人兄弟问好。这一下，把波兰工程师吓出了一身冷汗。他灵机一动，立刻上前，按斯拉夫礼节跟这位大约去过波兰学习的军官拥抱亲吻。把他拉在一旁，不住地夸奖他波兰话说得地道，并拿出证件让他查验。那军官得意极了，挥挥手说："你们是我最好的朋友，请上车吧！"波兰工程师一颗心这才从嗓子眼落了下去。

在边境检查站，虽然戒备森严，却没出什么问题。检查官只瞧了酒气冲天的车厢一眼，便让车子通过了边界。到了土耳其，6名美国特工再也抑制不住兴奋的心情，发疯般奔向迎候他们的波兰官员。他们终于实现了胜利大逃亡。

马埃斯特腊山第一战

1956年11月25日，加勒比海地区风狂浪大，深夜2时，从墨西哥图克斯潘港驶出了一艘只能载12人的游艇。可是，在这艘名为"格拉玛号"的船上，却足足挤了83位乘客。他们都是古巴的革命者，在卡斯特罗率领下，直往古巴岛驶去。

风浪是那么大，乘客们除了三位水手和另外四五人以外，都开始晕船了。但是，他们这次出海，人人义无反顾，个个忍着难受的苦痛，继续向目的地挺进。

他们不能按航海图上的标准航线行进，只能选择绕圈子的办法躲开可能出现的拦截。绕过古巴岛南部，顺风绕向牙买加和大开曼岛，才能把船头指向古巴。这么一绕圈子，"格拉玛号"足足在加勒比海上航行了6天六夜。

出海的时候，革命者们为了保持船的平稳，已经把好多辎重扔进了大海，六天六夜以后，他们的淡水、燃料和粮食都用光了。黑夜中，他们只得拼命寻找克鲁斯角的灯塔。直到下半夜，"格拉玛号"才拨准船头。天亮的时候，这支部队才在科洛腊多斯海滩的贝利克登上了岸。

从12月2日一直到14日，83名战士自始至终遭到巴蒂斯塔军队的围追堵截，天上飞机轰炸，地上追兵拦截。部队只能分成两支突围，直到14日，才重新集结在一起。

集结以后，卡斯特罗休整了队伍。16日，他集合队伍往马埃斯特腊山进发，到那个最贫困的地区去建立自己的根据地。

摆在几十个人面前的，是一处巴蒂斯塔海防军的兵营，在兵营前面1公里处，敌人还设了一个哨所。哨所牢牢地控制着通往马埃斯特腊山区的道路，不拔掉这个钉子，就无法进入山区。卡斯特罗迅速制定了作战计划，决定在这里打响起义的第一仗。

16日夜晚，圆圆的月亮升在天空中，照得大路清清楚楚，隐蔽前进遇到了困难。卡斯特罗索性让战士们排起队来，大摇大摆地往前行军。

很快，队伍就来到那个哨所前面。从哨所里走出了一位喝得醉醺醺的中士，起义军奇怪的装束和奇怪的行动，把他弄糊涂了。老天，这么一支衣衫不整的武装队伍，他们究竟是些什么人？

还没等他明白过来，卡斯特罗就走到了他跟前，怒气冲冲把他好一顿臭骂。卡斯特罗说，作为政府军一位团长，他从来没看见过像中士这样的士兵，酒气冲天，糊糊涂涂。现在，他这支队伍化了装进山搜捕海上来的叛乱者，他要跟兵营里的头儿见面，商量搜捕之事，叫那中士快去通报。

卡斯特罗那种蔑视一切的气势，半真半假的一席话，真把中士蒙住了。他毕恭毕敬地向这位大胡子长官敬礼汇报，满脸谄媚地答应带卡斯特罗到兵营去。

走了一段路，那中士的酒醒了一大半，回头再看看起义军那些人，越看越不像正规部队的模样，想提出自己的疑问。卡斯特罗可不想跟他多纠缠，立刻把他绑了起来，带领部队继续前进。

来到兵营前40米远的地方，起义军停了下来。那座所谓兵营，只不过是附近椰子种植园的一个仓库，根本没有什么牢固的工事。卡斯特罗立刻让战士们把仓库包围起来，开始了起义军第一次主动进攻。

攻击开始了，卡斯特罗亲自用机枪朝兵营扫了两梭子子弹，其他战士也开枪射击，喝令屋子里的人快投降。霎时间，刚才还在梦乡里的海防兵一窝蜂似地跳了起来，毫无目标地往外面开起枪来。

这伙巴蒂斯塔的海防兵还够顽固的。起义军喊一声，他们便扫一排子弹。敌人不出来进攻，也不肯投降。起义军朝里面扔了两颗手榴弹，可惜那两颗老式的手榴弹在海上浸了水，根本没爆炸。卡斯特罗知道背后还有敌人追赶，在这里不能耽搁，立即下令采用火攻。

那仓库看起来近在咫尺，要靠近去点起火来，却也够麻烦的。起义军一连冲了两次，都没成功。这时候，从阿根廷来的格瓦拉提议，兵分两路，由路易斯发动佯攻，他走另一条路靠上去点火。卡斯特罗立刻同意了他的办法。

第二轮进攻开始了，路易斯带着另一位战士，大叫大嚷地从正面发动了进攻，把兵营的火力全吸引在一边；格瓦拉却避开正面，进入了敌方火

力的死角，不一会儿，椰子园的仓库终于被点燃了。

木板搭建的仓库着了火，迅速燃起了熊熊烈焰。无情的大火烧得海防兵们焦头烂额，四散逃窜，完全丧失了斗志。起义军呐喊起来，借着火光，冲进了滚滚浓烟之中，兵营被占领了。

扑灭了大火，卡斯特罗清点战果。海防兵死两人，伤5人，还有3个糊里糊涂撞到枪口上当了俘房，其余的人逃到了椰子林中。而起义军无一人伤亡，真是一场全胜。

再看装备，敌人扔下的还能使用的步枪有8支，冲锋枪1支，子弹数千发，正好补充义军沿途的消耗。另外还有一批汽油、衣服和粮食。

起义军最大的收获，还是提高了士气。这是登陆后打的第一个胜仗，一路上被追击的窝囊气从此一扫而空。

天亮之后，卡斯特罗带着起义军，来到了马埃斯特腊山下，前面，崎岖的山道正等待他们行走，艰苦的游击战阶段开始了。

禹战三苗

公元前2140年，中国正处于尧舜时代。

在长江中游一带，有一个名叫三苗的部落。这个部落因为长期定居在湖海地区，所以部落中无论男女老幼，都通习水性，擅长水战。

有一年，由于三苗部落的人不及时朝贡，很有些反叛独立的意向，舜帝便命令禹前去征战。

大禹带领大队人马沿长江而上，在一片荒地上与三苗部落开起仗来。

大禹的部队中个个都是彪形大汉，手执长矛奋勇杀敌。三苗部落人数有限，所有壮男加起来也不及禹部队人数的一半，何况他们身体羸弱，打不了几仗，便死伤惨重。

三苗部落的酋长心想：硬拼是不成的了，陆战，明摆着输定了；不如……嘿嘿，跟他们水战，是英雄是狗熊咱们水上见。

于是酋长通知所有人员一律跳入水中。

大禹眼见这几天三苗部落人员死伤惨重，以为他们定是没有了还手之力，便率领部队大举进攻，准备将他们彻底收服。

谁知，这一大队人马浩浩荡荡挺进三苗部落时，发觉村里一片寂静，别说人，就是鸡狗猪羊也不见影儿。

大禹顿感万分惊诧，这部落的人怎么可能在短短几天内不见踪影了呢？

就在这时，大禹手下一员名叫韩冲的猛将气喘吁吁地奔来，上气不接下气地说："不好了，那些三苗人都逃到水里去了。"

禹听后眉开眼笑地说："唉，我还以为你撞上鬼了。这有什么可怕的，你一个五大三粗的汉子怎么这般胆小，也不怕人笑话。"

韩冲顿了顿说："不是的。刚才我们一队人马赶到湖边时，发现三苗人都在水里嬉戏。我便大步上前喝道：'喂，看你们再战也没用，还不如

投降算了。'谁知他们不怒反笑，说道：'旱鸭子，还不快下来与我们水战。你们是不是怕了我们，不敢和我们打了，才出此下策，变了法儿来劝降。'我气坏了，当即命令手下人下去与他们大战一场。你猜怎么着，别看这群人在岸上之时没用，到了水下个个都是骁勇善战的好汉。我们的人哪里是他们的对手，眼看一个个精壮的汉子下了水都被他们像耍猴似的捉弄，我只好回来报告了。"

大禹一听此言，顿时大吃一惊："有这等事？快带我去瞧瞧。"

大禹不由分说，带着几个随从直奔湖边而去。

到了湖边，大禹看见在这烟水茫茫、波光粼粼的大湖之上，三苗的男女老幼全都在湖中戏耍，他们有的两人一对、三人一组泼水游戏，有的恰似江中白鱼一般矫健熟练地游来游去。这与几天前简直判若两人。若非亲眼所见，大禹根本难以置信。

三苗部落的人很快便发觉了大禹他们的到来，于是停止了游戏，聚在一块儿，眼中充满了不屑的神情。

大禹见此情景，怒火中烧，大喝道："大胆狂妄之辈，还不快快上来投降，看在你们以前年年朝贡的份上，我会替你们在舜王面前求求情，饶你们不死，如若顽抗到底，只有死路一条了！"

三苗人全都哈哈大笑，不以为然道："手下败将，何勇可逞？还是给爷爷们磕几个响头，兴许爷们心里一乐，便饶你们不死了。哈哈！"

大禹怒不可遏，喊道："你们不要逞一时之勇，想我舜王手下兵将个个骁勇剽悍，我们若是全体出动，再在湖里放毒药，看你们还能挨多久！"

三苗酋长听大禹这一顿说，心中大惊，连忙上岸来向大禹致歉，说道："禹帅有所不知，岂是我们三苗人胆大妄为，不向舜王朝贡，而是我们所贡之物于途中便被你们中原人抢走了。我辈无能，不会旱战，只好出此下策，还请禹帅见了舜王替我们求个情，我在这儿先谢过了。"

禹见酋长说得诚恳，知是实情，心中一软，便道："既是如此，我也不想为难。你们快快上岸准备一些礼品，跟我回去，我好替你们求情。"

就这样，大禹带着三苗朝贡的人回到了舜的部落中。

舜见大禹凯旋回来，很是高兴，却见大禹满脸愁苦，便问何故。

大禹说道："舜王在上，国家似应该多讲一点文德才行，光用武力征

讨恐怕其他部落多有不服，反与我们为难。"

舜王听从了禹的话，便着手修文偃武。

这以后三苗部落便再没迟贡。

大禹对舜王说："三苗倚仗水泽之地，现在虽降服了，难保以后不反叛，不如将他们搬迁到干燥的地方去。"

舜同意了，就把三苗赶到了三危。这下，天下果然太平了不少。

巧唱"空营计"

春秋时期，楚成王的叔叔王子善做了楚国的令尹。王子善为人好大喜功，爱耍弄权术，他为了显示自己的武功，便发兵车600辆攻伐郑国。他令斗御疆、斗梧为前队，王孙游、王孙喜为后队，子元率中军，浩浩荡荡向郑国挺进。

郑文公得知此事后，惊慌不已，召集群臣商议。

师叔说："楚兵人多势众，我方势单力薄，不是他们的对手，不如讲和算了。"

群臣一听此言，有大半人吆喝了起来："我国虽小，却也并非胆小怕事之辈，还没上战场便急着要投降，不是显得我们太过懦弱了吗？传将出去，岂不让人笑掉大牙！别人以后就更肆无忌惮地来侵犯我国，到时候，你割一地，我夺一城，过不了多少时候，哪里还会有郑国啦！"

师叔说："为今之计，是走一步算一步，有道是'强龙斗不过地头蛇'，楚军虽强，但远来疲惫，我们是熟知地形，可先跟他们拖着，再暗地里派人向我们的盟国——齐国去讨救兵，相信齐国不会坐视不救的。只要两国合力，定能大败楚国。"

群臣一听师叔此言，都拍手称好。可问题是，齐国距此尚远，而楚军攻城迫在眉睫，郑国国小兵弱，还不知能不能支持到援兵到来的那一刻。

郑文公听了半天，见依旧想不出什么好办法，便急道："你们快想想办法呀，怎么商量了半日，还没个结果。"

这时，一直在旁边默不作声的叔詹开了口。叔詹号称智多星，他一开口，众人便知有好法子。果然，叔詹不慌不忙，顿了顿道："大王不必惊慌，小臣已想得一个退敌妙计在这里，只要楚兵一来，定能叫他们远远望着城门不敢进来。"

郑文公大喜，急问："爱卿快快说来，是何妙计？"

叔詹轻轻捋了捋胡须，清了清嗓子，说道："请大王先派人去齐国讨救兵。至于其他，小臣自会安排，有道是'天机不可泄漏'，总之，到时小臣保证不会让楚人进城便是。"

群臣被他弄得心痒难忍，纷纷道："叔詹，你就别卖关子了，快快说给我们听听，省得我们心里痒痒的不好受。"

不管众人如何说，叔詹硬是不说。众人见他主意已定，便也无可奈何，由他去了。

叔詹很快便命军士伏在城内，静候他的命令。

这时谍报传来，说楚军先头部队已破外城，将要到十字路口了。

叔詹不慌不忙地对城内老百姓说道："各位父老乡亲，不必惊慌，你们只要按我所说的去做，一定不会有事的，楚人也不敢进来的。"

老百姓素知叔詹处事慎重，不打没准备的仗，他既然这么说，想必也不会有事，便纷纷说道："大人请说吧，我们信得过你，一定遵命就是了。"

叔詹含蓄一笑，道："好！我就要听这句话。我要你们一切照旧，平时该干什么，就干什么，不要理其他事，只管做自己的事就成了。"

老百姓虽然心里疑窦丛生，却也不再发问，也不知叔詹这葫芦里究竟卖什么药。

叔詹令人把城门大开，静候楚军的到来。

楚军斗志昂扬地开到郑国城门外，忽见郑国城门大开，城内老百姓像平常一样来来往往，不由得止步不前了。人人心里都在想：怎么回事，不是要打仗吗？他们怎么没事儿似的，好像一切都不曾发生过。

斗御疆看到这种情况，心中疑惑，对斗梧说："郑人如此闲暇，城里面必有诡计，是要骗我们进城去，我们可不能上了这些人的当。"

斗梧点头称是，觉得不应贸然前进，待大军到，再进去也不晚。

于是斗御疆与斗梧将军队退到离城五里的地方停住，安营扎寨，静候大军到来。

不久，子元率大军到了。他看见斗御疆他们竟然止步不前，不由得诧异问道："我以为你们打得差不多了呢！你们倒好，在这里优哉游哉等大军到来，小心元帅砍你俩的头。"

斗梧马上说："子元，你有所不知，我们俩刚要向郑国发动攻势，谁

想他们不但不害怕，还大开城门欢迎我们呢！我们猜这里头一定有古怪，便不敢轻举妄动，想等大军到了一块前进。"

子元道："有这等事，我来瞧瞧。"

说着他便爬上了附近一个土丘，向郑国望去，只见郑国城内旌旗林立，甲士整肃，果然有所防备。他心中大骇，一时也不知该如何是好。

天黑时，后队的王孙游也赶来了。只见他一脸慌张的样子，子元问他是何故，他说："齐国与宋、鲁二国已发兵救郑来了。"

子元大吃一惊，喃喃道："怎么来得这么快！看来这仗是输定了，我们还是班师回朝吧，免得被人围住了吃大亏。"

就这样，子元他们急令退军，但为了迷惑郑国，还在空营上竖着楚军的大帅旗。

郑国叔詹在城上巡视了一夜，第二天早晨，他远眺楚国军营，过了一会儿，对下面的人说："去把那空营给我撤了。"

手下人惊恐万分地望着他，简直不敢相信自己的耳朵，均问："大人叫我们干吗？"

叔詹道："那是空营了。"

手下人道："不会吧，这楚军哪能那么快便走了呢？"

叔詹哈哈大笑，道："你们看那营帐上和旗杆上都有乌鸦站着，不是空营是什么？"

派人去一看，果然是空营。

众人都为叔詹的料事如神暗暗叫绝。

王子善后来得知原来只是个"空营计"，气得连胡子都歪了。

妙计安天下

战国时，韩国和魏国互相攻伐，打了整整一年，还没有停止。

此时的秦国日渐强大，秦惠王一统天下之心便也日益急切，只是苦于没有良策，怕画虎不成反类犬，到时候会落个前门拒虎，后门引狼，便迟迟未曾动手。

眼见韩魏两国斗得正酣，秦王有意出兵，降服两国，可众大臣各抒己见，搞得秦惠王也左右为难，不知如何是好。

这一天，秦惠王的一名大臣替秦惠王引见了一个来自楚国的客卿——陈轸。

此人原是楚国一名臣子的门客，因为长期遭受排挤，怀才不遇，不免有怨怼之心。他心想此处不留爷，自有留爷处，于是打点行李，投奔秦国而来。

陈轸五短身材，一张极其丑陋的脸孔，凹凹凸凸，满是皱纹，头发也稀疏得可怜，一对黄澄澄的眼睛毫无光彩可言。

秦惠王心下甚是惊讶，世界上竟有如此丑陋卑贱之人。再看他那身打扮，也不像个读书人，于是略有不屑之意，言语间甚是冷淡。

秦惠王对陈轸说："先生大老远从楚国赶来我国，想来定是才高八斗之士喽！"

陈轸刚才就注意到了秦惠王不屑的神情，听他一说，心里暗暗冷笑，面上却不露声色，不卑不亢道："小人早在楚国，便久仰大王名声，倾慕不已，千里迢迢来投奔，而今一见，却大感失望，可见道听途说果然不详不实。"

群臣一听此言，或惊或怒，都纷纷道："你真不要命了，敢对大王如此无礼，还不快快向大王赔不是。"

秦惠王见他谈吐不凡，且是一语惊人，虽对自己有所冒犯，但念到此

人或许真有几分才能，不怒反笑，亲切地问道："先生此言倒令人奇怪，寡人有什么不好的地方，还请先生明言。"

陈轸缓缓道："大王治理秦国是没说的，众目皆见，秦国乃六国之首。只是可惜，恐怕好景不长喽！"

这下子不但群臣，连秦惠王也按捺不住了，要知道封建帝王最忌讳别人说不中听的话，更何况陈轸偏偏拣了这等最为犯忌的话来说！

秦惠王怒道："待我大秦一统天下以后，便可泽被众生，千秋万载！先生这话是什么意思？"

陈轸微微一笑道："小人不敢有微词，只是小人久仰大王为人，礼贤下士，英明神武，文成武德，还以为大王乃当今天下第一明君，今日一见也不过如此。这与那以貌取人的楚王又有何不同？"

秦惠王一听此言，便知陈轸是在指责自己的无礼，心下大窘，脸上热辣辣地红到了耳根，马上收起怒意，谦和道："先生说得很是，小王适才对先生大有冒犯之处，还请先生见谅。来人，快给先生上座！"

陈轸拱手一揖，便老实不客气地落座。秦惠王客气地说："不知先生此番远道而来，是有何事？"

陈轸顿了顿道："大王还想一统天下吗？"

秦王点点头，问："先生有何妙计？"

陈轸说："妙计谈不上有，不过我不妨讲个卞庄刺虎的故事——

春秋时，鲁国有个武艺高强的卞庄子，他到一个地方住宿，听说当地有两只老虎，经常出来伤害家禽家畜，甚至咬伤、咬死过人。卞庄子决定为民除害，带了一把寒光闪闪的青铜剑，就要出去刺虎。旅馆里有个小伙计也要同去。两人走到山谷，看见一大一小两只老虎正在争着吃一头牛。卞庄子拔剑就要冲上去，小伙计说：'不要性急。它们正在津津有味地吃牛，吃到后来一定会争夺，一争夺必定会厮咬，小的一定会被咬死，大的一定会被咬伤。到那时你再冲上去，对付一只受伤的老虎，不就比同时对付两只健壮的老虎要省力得多吗？'卞庄子连连点头。过了一会儿，两只老虎果然争斗起来，没多久小老虎支持不住被大老虎咬死了，大老虎也遍体鳞伤，倒在地上动弹不得。这时候，卞庄子猛扑过去，一剑就刺中了老虎的要害部位。"

陈轸讲完故事后顿了顿又说："大王不妨也做卞庄子如何？韩魏两国

打个不休，久而久之，他们之间必定互有损伤。大王您如果想完成统一天下的大业，就只有让他们继续打下去，到他们伤亡惨重的时候，再用重兵去征讨他们中的胜者，这样岂非一举两得？"

秦惠王听后一拍双掌，叫道："陈先生此计足以安天下！"又道："来人，快快重赏陈先生！"

于是，秦惠王决定不去解救他们，作壁上观。最后，在魏国受了重挫，韩国也日渐衰微的时候，秦国的大批军队像潮水般拥入，一下子就夺了两国的好几个城池。

从此以后，秦国的统一大业便势如破竹。

纸上谈兵

赵奢身材魁梧，神武威风。他为人宽宏大量，爱憎分明，不失为一名文成武德的大将军。

赵奢因为打仗身先士卒，屡战屡胜，为赵国立下了赫赫战功，深得赵王敬重，可他并不以此为傲，平日里礼贤下士，扶危济困，深受老百姓与众将士爱戴。

赵奢有个儿子，名叫赵括，长得一表人才，相貌堂堂。这父子二人性格脾气大相径庭：赵奢待人谦和，赵括则心高气傲，以为自己处处高人一等，总是瞧不起别人；赵奢常常将大王所赐之物分赏众人，犒劳大伙，而赵括将大王所赐金银珠宝一一收藏，从不予人半点儿，若要从他那儿挖出点什么来真比登天还难。可想而知，这父子二人是一个在天上，一个在地下。

话又说回来，别看赵括一副文质彬彬的样儿，对军事理论倒还蛮有一套。

赵括从小受父亲的熏陶，熟读兵书，不少兵书他能过目不忘，倒背如流。

据说有一天，赵奢在家设宴招待几位军中好友，酒过三巡，赵括出来见诸位将军。众将军均是豪爽之人，见赵括出来便纷纷上前敬酒。岂知这赵括非但不喝，还将这酒"哗"的一下倒在痰盂里。众人哑然失色，赵奢大怒，喝道："小畜生，还不快跟几位叔伯道歉。"

众人见赵奢动怒，都怕赵括心里不受用，便对赵奢说："将军莫要生气，公子年轻，不喜欢饮酒也是有的，何况公子爷长得文弱书生似的，哪能和我们这群粗豪汉子斗酒。"

赵奢见众人这么说，也就不好再说什么了。

饭后，众人来到赵家花园里品茗、谈天。赵括碍于父亲的面子，只得

出来应客。

众将军都喜侃大山，却总是三句不离本行，其中一位姓何的将军道："我是粗人，平日看书不多，最爱看那兵书上的理儿，什么'李代桃僵'、'树上开花'、'上屋抽梯'，那些理儿说得可真好啊！"

赵括性喜卖弄，乐得在众人面前显示显示。听何将军一说，他虽然一脸不屑，却也来了兴致。他把那三十六计从胜战计中的瞒天过海直讲到攻战计中的擒贼擒王，又从混战计中的釜底抽薪直谈到败战计中的走为上计。他口若悬河，滔滔不绝，直听得人人拍案叫绝。赵奢也想，谈起兵书来自己恐怕也非儿子的对手。

众将军都向赵奢翘起大拇指道："贤侄将来定是我赵国又一良将，可喜可贺呀！"

谁知赵奢听到这话非但连笑意也没有，反而说道："这只是在纸上谈兵而已，又何喜之有？"

晚上赵括正在房中翻阅兵书，见赵奢走进房来，便道："父亲大人找孩儿有何要事？"

赵奢走到窗口的一把椅子上坐下后招招手示意赵括过去，对他讲道："孩儿啊！不是为父看你不起，天下做父母的又怎会不爱自己的子女，可你实在令为父寒心。你可知道做一名好的将帅不是嘴皮子动动便行了，带兵打仗岂同儿戏！你可得记着为父这几句话。"

赵括嘴上虽说诺诺连声，可心里一百二十个不愿意，只是将父亲的话都当作耳旁风。赵奢见状，也只能叹气。

且说赵奢年已老迈，他自知不久于人世，便将夫人叫到跟前对她说："我快不中用了，在这世上我还有一个心愿未了，就是咱们的孩儿。这孩子我也没好生教育，弄成今天这样我也有错。所谓知子莫若父，他有多少能耐我最清楚不过了。像他这样的人是绝不可以做将军的，他只会'纸上谈兵'，没有实战本领，一打起仗来必定会误了国家大事。"

赵夫人点点头道："老爷，你放心好了，我记住便是。"

不久秦国发兵攻赵，赵王不听赵奢夫人的劝阻，任命赵括为将军，率领四十万人马到长平迎击秦军。

赵括是个十足的"书呆子"，读的兵书虽多，可一旦上场就懵了，面对战场上千变万化的形势，他不知如何灵活地调兵遣将，安营布阵，一切

只知照搬兵书上说的去部署。

秦军大将白起，经验丰富，足智多谋。他瞄准了赵括的弱点，尽量地把战阵布置得变幻莫测，搞得赵括是丈二金刚摸不着头脑。

不久，秦将白起用计切断了赵军运送粮草的道路，将赵军包围起来。

赵军被围困了四十多天，粮尽援绝，军心动摇，熟读兵书的赵括，到这时候却无计可施，最后被秦军乱箭射死。四十万赵军也成了俘虏，被秦军活活埋了。

长平之战后，赵国元气大伤，从此日益败落，一蹶不振。

木桶渡船

公元前205年(汉高祖二年)，淮阴侯韩信奉刘邦之命，北上讨伐叛汉投楚的魏国。

当韩信率军赶到黄河渡口时，见黄河水势汹涌，泥沙翻滚，而对岸魏军仰仗天堑，壁垒森严，想要渡河真的难于上青天了。

韩信见一时三刻无计渡河，只好下令先在岸边安营扎寨，再作定夺。

韩信整日都在岸边徘徊，审时度势。他远眺魏军，见他们刀枪明亮，旌帜鲜明，心想若是我军依靠仅有的这些船一批一批地过河，很容易被敌人打散击沉，只有大批的战船一起过河才有力量登岸杀敌。

于是他马上回到营寨，对侍卫说："去把王将军请来。"

这王将军姓王名英，是韩信的亲信，他入伍前曾做过木匠。别看他生得五大三粗的，可干活却心细如发，手巧得很，日常空了常弄些木块刻刻小木人玩儿。他听说韩信召他，放下手中的活便来了。

韩信眉头紧锁，把手放在背后，踱来踱去说："我在想咱们的船只稀少，若是贸然渡河过去，定要吃大亏，所以我想来想去，决定派人再去动工造船。我知道王兄以前是干木匠的，所以想请你前去监工，你看如何？"

王英听说叫他造船，真是求之不得，便满口答应，说一定要建造最最坚固的船只，让汉军胜利渡河。

于是，王英便带了一大批人浩浩荡荡地前去伐木。

那魏王听说韩信命人在伐木，料他一定是准备造船渡河，心里大急，召集群臣商议对策。最后他们决定，先下手为强，待韩信他们船只一造好，便动员当地的百姓暗暗地在船只上凿洞，毁了它。反正这儿是魏国的国土，还怕没人帮助吗？

汉军很快伐好了树木，王英正踌躇满志地准备大干一番，突然来人说

奉韩将军命令，停止造船。

王英顿时懵了，不知韩信究竟想干什么，一会儿要造船渡河，一会儿又不干了。他按捺不住，就前去请教韩信。

此时韩信正在岸边伫立观望，见王英怒气冲冲地赶来，便释然一笑，说："王将军，走这么急找我有何事？"

王英摆摆手说道："将军究竟要搞什么花样，一会儿要我伐木造船，树砍好了，你却又说不造船了。这是怎么回事？"

韩信说道："王将军别急，先陪我走走吧！"

于是二人沿着河岸走了下去。韩信侧脸对王英说："请问王将军，这里是什么地方？"

王英一愣说："将军糊涂了吗？这当然是魏国的土地。"

韩信笑道："既然是魏国的土地，而我军此番又是征魏国的，你说魏国的老百姓究竟会帮谁？"

王英道："这还用说，当然老百姓是帮魏国了。"

韩信又道："既然帮魏国，那我们造好了船只，你说魏国的老百姓会怎么样？"

王英不假思索地说道："要我，当然是毁了那些船只喽！——对了，将军是怕被当地的老百姓毁了船只，这才不让造船只的！"

韩信点点头，叹了口气道："我也正为此事烦恼呢！我得到消息，魏王已经在动员当地的老百姓了。"

王英见状，也就说不下去了，二人又往下游走去。

就在这时，韩信突然发现在岸边水浅处有许多小孩在戏水，有些小孩不会游水，他们的妈妈便将他们放入一只木盆中，任他们在水中玩耍。

韩信和王英看到此情此景，相视一笑，齐口同声道："有了。"

韩信道："就这样，王将军放手去办吧！"

于是，王将军当即召集了汉军中所有的工匠，叫他们将伐下的木材做成一只只木桶(木盆过浅，容易进水)。

当魏王得知汉军在做木桶时，并未猜到作何用途，想来与打仗无关。他们认为只要不造船，汉军就渡不了河，就没把汉军做木桶的事放在心上。

一天夜里，月色朦胧。这时，从汉营里出来了一群人，他们每人手抱

一只大木桶，分成十人组，把那些木桶绑在一起，然后都坐了进去，手执木桨划了起来。

不用猜便可知，这定是韩信命人干的，他们就这样把整个汉营的士兵全部渡过了河，直扑魏军而去。

此时的魏王还在帐篷里睡大觉，突然被近侍叫醒，说汉军已攻了进来。

魏王一惊之下，睡意全消，忙问这究竟是怎么回事。

当他听说汉军竟然利用木桶渡河，这才恍然大悟，但也已经迟了。

于是连衣服还没来得及穿好，魏王在手下的掩护下落荒而走。

不久，魏地已尽归刘邦所有。

毁信定军心

曹操是三国时代的英雄。他是大军事家，文韬武略十分了得。他的诗歌"对酒当歌，人生几何"乃千古绝唱。还有一点是为世人所不承认的，那就是曹操的豁达大度。

且说当时大军阀袁绍在官渡之战中被曹操打得落花流水，没奈何，只好扔下军队仓皇逃走。

于是曹操便进驻袁绍的"大本营"。他派人清点袁绍留下的文件财物。

由于袁绍大肆搜刮民脂民膏，所以他的寝宫中翡翠玛瑙、珍珠宝石、玉器彩陶无所不有，看得人眼花缭乱，目不暇接，想来比起那皇帝老儿来，也恐怕是有过之而无不及。

曹操清点了这些财物之后，便转身对近侍说道："近来连日征战，太过劳累，这些金银珠宝，绫罗绸缎，全部用来犒赏三军吧！"

军士们听丞相如此说了，都非常高兴。

曹操检阅完以后，觉得腰酸腿痛，便踱进了一间豪华的卧室，倒头便睡。

忽听见脚步急促，外间有人在叽叽喳喳说话，像有什么重要事情。曹操喝道："什么事？进来说话！"近侍闪进屋来，走近一步，悄悄说道："丞相，小人在袁绍的密室里发现了一件重要的东西。"曹操一惊，急道："是什么？"近侍神秘地眨眨眼，把嘴凑到曹操耳边，说道："小人在袁绍密室里发现了大批书信。"

曹操慢慢坐起身来，幽幽说道："这有什么奇怪，值得你这般神秘兮兮的？"

近侍见曹操一副满不在乎的神情，顿时急道："丞相莫要小觑了这批信件，它可是我军之中不少与袁绍有勾搭之人的通敌罪证啊！"

曹操一听这话，心里不禁"咯噔"一下，急忙起身下了床，问道："东西在哪儿？"

近侍回答道："在密室。"

曹操穿上鞋子说道："快带我去。"

于是二人直奔密室而去。刚跨进密室的门曹操便站住不动了。

近侍奇怪地问道："丞相，你这是怎么了？"

曹操不语，他在心里反复盘算，俗语道："用人不疑，疑人不用。我既然用了这些官员又怎能再加怀疑？这样一来，只能导致众叛亲离。"

他对近侍叹了口气道："你先替我存封，明天再作计较。只是不准翻看，不准移动。若有闪失，小心你的脑袋！"

近侍不知他这葫芦里卖的是什么药，只道他另有打算，连忙答应着照办。

第二天，曹操召集了所有官员，说道："昨天黄勉来报，在袁绍密室里搜到往来的书信一捆——"话说到这里，一些心怀鬼胎的人脸色真是难看极了，暗道这次算是完蛋了。

可曹操却摆摆手，微微一笑，说："黄勉，你去把信给我拿来。"那几个私通袁绍的人以为他要当场读信，直吓得面如白纸，差一点没昏过去。

只见曹操问道："黄勉，昨天我叫你严加看管，不准任何人翻看，你做到了吗？"

黄勉垂手道："自昨天中午小的报告丞相，丞相要小人严加看管以来，小人连吃饭睡觉都未离开一步。"

曹操道："确实没有一个人看过吗？"

黄勉道："连丞相都未曾翻上一翻，又有谁有这个胆子？"

曹操道："很好。现在，你点火将它们全烧了吧！"

黄勉迟疑片刻，道："遵命！"

只一会，火光冲天而起，这些个写在丝帛上的书信全付之一炬。

众人十分诧异，都说："丞相，这是干什么呀？"

曹操一笑，说道："袁绍力量当时那么强大，连我都感到不能自保，何况大家呢？大家不用说了。"

经曹操这么一说，在场的人都觉得在理。

这件事传出去后，那些暗通袁绍的人才把心里那块石头放下了。

这以后，众人都觉得曹操宽宏大量，体恤部下，都愿意为他效力。

从此，曹操的军心更加安定，将士们作战也更加勇敢了。

诸葛亮智破苦肉计

有一天晚上，诸葛亮正在帐内商量军情，突然有人进来禀报，说有个叫郑文的魏军将军前来投降。

诸葛亮"哦"了一声，低头思索片刻便对侍卫说："还不快将郑将军引进来见我。"

郑文在侍卫的引导下走进帐房，一见到诸葛亮便当即跪倒在地，拜了两拜，说道："降将郑文，参见丞相。"

诸葛亮将郑文扶起说道："郑将军不必多礼，别来无恙？"

郑文脸色凄惶，说道："小将甚是难做人，还望丞相见怜。"

诸葛亮惊讶地问道："将军有何苦衷，不妨说出来我听听，我好替将军排忧解难啊！"

郑文甚是感激，动情道："不瞒丞相说，小将是被司马懿那老东西给逼得无路可走，这才投奔丞相而来。还望丞相能不计前嫌收留小将，小将来世就是做牛做马也要报答丞相大恩。"

诸葛亮缓缓起身，在帐内踱来踱去，然后对郑文道："司马懿一向待你不薄，这次郑将军何故弃他而去？"

郑文开口便大骂道："这个老东西，竟让秦朗这小子充当先锋，而将小将排斥在外，我……"

诸葛亮摆摆手，说道："我知道了，定是那司马懿不肯重用你，你自觉没趣，便投奔我来。既然将军看得起，我焉有不收留将军之理，将军请到帐中好生休息去吧！"

就这样诸葛亮收留了郑文。

岂知第二天一大早，司马懿手下的秦朗骑着马冲到蜀军营前，高声呼叫："叛贼郑文，敢出来与我决一雌雄吗？"

郑文听得秦朗在营外挑战，便冲入诸葛亮的营帐，向他跪下说道：

"丞相，请允许小将出去与奸贼决一死战，小将定将那恶贼的首级取来，也算是小将戴罪立功。"

诸葛亮思忖片刻，便答应了郑文的要求。

郑文穿好盔甲，跨上战马冲出营去，指着秦朗道："秦朗小子，看大爷今天取你首级！"没等秦朗回话，郑文便已纵马过去，一刀向秦朗的天灵盖砍去。

那秦朗也不甘示弱，举枪一挡，隔开了这一刀，随后一枪向郑文胸口刺来。这一枪来得悄无声息，众人都不由得大吃一惊，暗暗为郑文担心。

谁知秦朗的枪快，那郑文的刀更快，他就这么在胸口一挡，便破了秦朗的这一"夺命锁喉枪"。

众将士都大声喝彩，连一直在旁默默观战的诸葛亮，也轻轻点了点头。

两人就这么枪来刀去，人喊马嘶，三五个回合后，已显郑文技高一筹，一刀将秦朗斩于马下。

郑文甚是得意，跑回帐前，跳下马来，向诸葛亮说道："多谢丞相压阵！"

诸葛亮不动声色地摇摇羽扇，突然大喝道："与我拿下。"

武士们立刻一拥而上，将郑文绑起来，推到诸葛亮面前。

郑文大惊失色，大叫道："丞相怎么要杀有功之人？"

"别装了，我知道你是来诈降的。"诸葛亮用扇子指指他："你当我不知道，你受司马懿指使，想潜到我军帐，等待时机，里应外合。"

这一席话，听得在场的将军们都愣住了。诸葛亮下令道："将郑文推出斩首！"郑文连声呼叫："丞相饶命，饶命！"说完，"扑通"一声跪倒，不住磕头。 诸葛亮道："还不快快招来！" 于是郑文便将司马懿如何指使他前来投奔，如何让秦朗来挑战让他杀了秦朗，以取得蜀军信任，一五一十作了交待。

诸葛亮道："如果你还想活，马上去封信给司马懿，与他约期劫营，你便可将功赎罪。"

郑文低头一想，事已至此，也无计可施，便只好答应。

那司马懿收到郑文"密信"甚是高兴，他哈哈大笑道："诸葛亮啊诸葛亮，你也有今天，这下子你可栽在我手里了。"

司马懿当即调兵遣将，按照郑文发信时间前来劫营，没想到诸葛亮早已恭候多时，硬是让司马懿的军队掉进陷阱里。

这一仗蜀军不费吹灰之力，便将司马懿打得落花流水。

战后，将士们围着诸葛亮，问怎么知道郑文是假投降。

诸葛亮笑笑道："谁不知道，司马懿从不轻易用人。他既然让秦朗当先锋，武艺必定在郑文之上。而秦朗指名道姓要和郑文交战，更说明了他完全能战胜郑文。结果呢，郑文却杀了秦朗。因此，我判定来的不是真的秦朗。"

说到此，他反问大家："你们想，为什么司马懿要派个假秦朗上场呢？为什么郑文不辨真假而又匆匆交战呢？这里肯定有文章。所以我断定这里面一定有鬼。"

众人这才恍然大悟，都称赞诸葛亮的神机妙算。

突围求援

西晋末年，天下大乱。襄城的太守名叫杨崧。他忽然得到消息，说叛将杜曾带兵来打。消息才到，杜曾的军队也赶到了，马上就将襄城围了个水泄不通。

杨崧身为太守，不由得愁眉百结，整日茶饭无心，坐卧不安。他想平南将军石览原是他的部下，就修了一封书，要一名骁勇善战的偏将连夜杀出去求救。

殊不知杜曾的军队围得铁桶似的，他们一见有人冲出，知道准是去讨救兵，一声梆子响处，箭如雨下。这将军跑不出二十丈路，身下的马已被射得刺猬似的，扑地倒了，他自己也送了命。

第二次，杨崧特地安排了二十余骑，趁着天黑，分头杀出。这次杜曾又耍诡计：初冲出时不立即射箭，待见他们离城门已有一段距离，估计他们再难以返身逃回城去，呼啦啦拥出二百余人的一彪人马，以十对一，分头包围住各个击杀。

不到一顿饭的工夫，已将这二十个人杀得一个不剩，没放他们一人一马回城。

杨崧站在城楼上，眼睁睁看着这些勇士个个死于刀下，不由得心如刀割，潸然泪下。正这时，他觉得身后有人在轻轻拉他的衣襟，回头一看，竟是自己十三岁的爱女杨灌。杨大人只当她是出来玩的，一面拭干眼泪，一面不住地摇头叹息。

杨灌道："孩儿知道父亲大人为什么心里悲伤。父亲若能舍得孩儿，孩儿倒有一个办法可以冲出重围。"

杨崧长长叹口气道："乖女儿，为爹的有什么舍不得的？反正过些日子城池一破，还不是玉石俱焚？只是你没看见这么多的勇将都一一丧命？你小小年纪，又能有什么高明的办法？"

杨灌道："兵不厌诈。父亲不用些计谋如何冲得出去？"

杨崧道："你不要只当杜曾是个傻瓜。他是个久经沙场的人，轻易小计，如何瞒得过他？"

杨灌道："父亲且听我说，如果可能，为何不去试试？"

杨崧心想反正死猪不怕滚水烫，死马只当活马医，何不让她说出来听听？这小姑娘心里大为兴奋，就将她筹划了好几天、活用兵书而得来的计谋一五一十讲了出来。杨崧听罢沉吟好一会，道："想不到女儿小小年纪，这般足智多谋。试上一试又有何妨？大不了跟以前两次一样罢了。"

第二天起，襄城里时不时有人冲出，或隔两个时辰，或隔三个时辰。冲出来的人有多有少，有三五十的，有七八十的。这些人个个重铠厚甲，脸上涂得五彩斑斓。他们只是远远地鼓噪呐喊，有时也来阵前冲突一阵。

杜曾先是只下令一律用乱箭射回，后来见来者不像真的要冲出去，心想说不定是杨崧故意让他们来空耗他的箭支的，就索性叫部下暂停放箭，看他们怎么办，若是真的冲出来了再射不迟。然而每次冲杀出来，城上城下总要伴随着喧天的锣鼓和呐喊，非要弄得热闹非凡不可。

白天这般骚扰犹可，最叫人不耐烦的是深更半夜也常常这般喧闹。杜曾的士兵不出来吧，怕他们真的一冲而过；出去迎敌吧，他们又是一触即回，实在是不堪其扰。三天五天下来，杜曾的士兵已被搞得精疲力竭。有几个贪睡一点的则干脆靠着刀枪就地打起盹儿来。

第六天的凌晨，丑时刚过才到寅时，城门开处，二十余骑人马又鼓噪而出。

说实话，这个时候正是一个人一天中最为困顿的时刻，这么些日子来，杜曾的士兵已被城里这些人弄得神慵骸散、七倒八歪，听见呐喊声强睁开眼睛来，见这彪人马进三步退两步地过来，只道又是以前的那一套，压根儿就不想理会。

不料待他们来到离他们仅剩一箭之路时，突然猛扑过来，刀砍枪戳，勇不可挡。

尤其令人惊异的是这些冲杀的人中，有一个身骑高头大马的大汉。他那匹马神骏异常，一声长嘶，四蹄齐翻，绝尘而去。杜曾连叫："放箭！放箭！不要走了一个！"弓箭手万箭齐发，慌乱中一大半箭不知飞到哪里去了，其中只有少数几根射中了人马。殊不知这次他们有备而来，马上竟

裹着厚厚一层皮，寻常的箭哪里射得进去？

有射到那个为首的大汉脸上的，不料这人竟不知疼痛为何物，明明脸上中了两箭，背上中了三箭，他却没事儿似的，一溜烟走了。最终有十来骑被阻杀，约莫有八九骑冲了出去。杜曾气急败坏地大叫："上马！上马！与我追！活的追不回来，死的也要！"骑兵纷纷上马，刚要动身，背后城中鼓声大作，又一队人马冲杀出来。杜曾只好分心对付他们。

再说去追赶的人马追出二十余里，这时天色已亮，才看到路旁丢着一件东西。一个细心的骑兵下马一看，认出是一个木偶的上半身，脸上背上共中有五箭。他大叫起来："上当，上当！难怪这人不怕痛，原来头上套着这么一个假货！难道驮着这木偶走的是个矮子？"

这话他说对了一半。矮子倒不是，而是一个年仅十三的小女孩杨灌。

当天深夜，杨灌他们终于赶到平南将军石览那儿。石览大惊，连忙起兵，浩浩荡荡杀来。于是襄城之围也就这样解了。

大将风度

　　谢安(公元320～385年)，东晋大臣，河南太康人。他与王羲之等名士交好，年逾四十方出来做官，曾做到司徒。

　　这人不仅品德好，学问好，在军事上也极有才能。

　　太元八年(公元383年)，前秦苻坚大举南下，朝廷震动。在边防将领不断退却的情况下，谢安派出弟弟谢石及侄子谢玄带兵去攻打秦军，打了不少胜仗。

　　后来苻坚亲自率领大军，号称百万，来势汹汹，弄得京城建康大为惊慌。皇帝就加封谢安为征讨大都督，要谢安赶快想出办法来打退敌人。

　　于是谢安不动声色地安排了作战部署。

　　当时社会上谣言纷起，人心浮动，不少人甚至已经在收拾行李准备逃难。

　　连谢安的侄子谢玄，虽然也参加作战，但面对这样强大的敌人，自己心里也没有底。

　　这天，他心里很不踏实，左思右想，觉得还不如先去探探伯父的口气为好。于是他装着去向谢安请安，问道："伯父大人身体可好？"谢安正在翻阅一卷旧书，头也不抬地回答："多谢贤侄关心，今天感觉不错。"

　　谢玄见他满不在乎的样子，心里暗想："说来伯父年岁也不算大，总不至于老昏了头，这么大的事儿，就像没事儿似的。"

　　他上前一步，请示道："大敌当前，伯父一定早有谋划，您看是如何迎敌为好？"

　　谢安没事儿似的翻着书，说："这已另有安排，贤侄不必操心了。"

　　谢玄虽然心急如焚，只好装得表面沉着，再不敢往下问，告辞回家去

了。

回去后到底心里越想越不踏实，就将部下张玄叫来吩咐道："张将军，这场仗，干系重大，绝非等闲小事。这是你我一清二楚的。如今我伯父阴阳怪气的就是不肯事先透露一点风声，也不知道他葫芦里到底在卖什么药。刚才我专程去打探了一次，他还是优哉游哉地在翻书，你问个三大筐，他回答个一小匙。真是急死人！我是他的侄儿，说话不敢放肆，他知道你是个直性子直肚肠，说错几句，他不会见怪，去，你去探探我伯父的口气看。"

张玄虽是个直性子，可也不是个呆子。不过既然是谢将军吩咐，不得不去了。

不料来到谢安家，家人说谢大人已经上城外别墅去了，并吩咐张玄转告，有请谢玄也去那儿。

谢玄丈二和尚摸不着头，一头雾水，忐忑不安地来到城外，发现谢家的一批至亲好友都云集在那里，摆着的气氛像要好生乐上一乐似的。

谢安见谢玄来，高高兴兴地说："来来来，难得今天一个好日子，咱们不谈别的，痛痛快快玩他一天。"

说着就摆下棋盘与谢玄下起围棋来。谢玄本来棋艺远胜伯父，今天因为心里老是想着前方战事，下一盘输一盘，一连输了好几盘。

这天一直玩到金乌西坠、玉兔东升才尽兴回去。

回到家里，谢安这才开始办公，将各将领一一分派出去，他们各有差使，或阻击，或偷袭，或打埋伏，总之一切任务十分明白精当。谢玄他们也在分派之列。

这样又过了几天，这天谢安还是在与朋友下棋。突然门外一个驿使满头大汗进来，风尘仆仆地送上一份军情文书。

谢安顺手拆开一目十行瞄了几眼，处之泰然，随手将信一丢，仍旧与朋友下棋。

这朋友见驿使急得这个模样，看来非同小事，按捺不住问道："前方战况如何，谢兄能见告吗？"

谢安只是轻描淡写地说："也没什么大事，几个小后生来报，说已经打败敌人了。"

等下完棋，谢安回到内室去的时候，才一不留神在门槛上绊断了一枚

木屐上的齿。他内心的激动，仅仅在这里稍有宣露。

其实这一场淝水大战，是一场惊天动地的大仗，至今还被列为以少胜多的世界级战争范例。苻坚所率百万大军，被他统领的军队打得一败涂地。"草木皆兵"这句成语就是这一大仗上传下来的。

谢安就是这样一个处变不惊、指挥若定的人。

弃船得城

公元621年，唐大将李靖奉命征讨江陵的萧铣。江陵是座坚固的城市，易守难攻。李靖带领众将士苦战多日也只缴获了四百多艘战船。

这日，李靖召集了军中各位将军，共同商议攻城良策。

大将鲁立是个急性子，大声说道："还商量什么，咱们就利用这四百多艘船赶紧渡河吧！不然等到他们的援兵一到，想走都难喽！"李靖摇了摇头不说话。大将石坚说道："将军还犹豫什么，鲁将军说得有理，若再不渡河我等恐怕要腹背受敌了。"

李靖说道："这四百多只船能载我们多少弟兄？过了河还不被人家一顿乱箭射死？"

众人见他说得也不无道理，可不过河又能怎样呢？一时间无人作声。

李靖见一时间解决不了，说道："都回去吧，容我再细细想想。"说完众人便退了出去。事后，李靖独自一人穿了便服沿江散步，他发现江边有一老者在独自垂钓。老者鹤发童颜，相貌甚是奇异。

李靖心想：这江水这般汹急，又怎么有鱼来上钩？但这老先生年近百龄，精神却还如此矍铄，定是位世外高人。

老人大概也意识到有人在注意他，头也不回，朗声道："年轻人，有兴趣去与老夫喝一杯吗？"

李靖十分高兴，说道："所谓相请不如偶遇。晚辈今日有幸与老先生共饮一杯，是前世修来之福，哪有推却的道理？"

老人听了哈哈大笑，道："年纪轻轻，倒会油嘴滑舌。走，走，走！"

说完收拾起钓竿大步向前走去，李靖赶紧跟在他后面。走了约莫有半里路，来到了一间草屋。

这屋子虽然简陋，却十分雅洁。东首靠窗处摆了一架古筝，几案上还

有一只香炉。屋里没有什么摆设，也没有椅子，地上只有几张草做成的垫子。老者让李靖先坐下，自己去外间取来一壶酒和两只杯子。

两人就这么海阔天空地边饮酒边交谈了起来。

突然老者说："李将军既然是来征伐萧铣的，为何有兴在老夫这儿逗留这么久？"

李靖正在斟酒，听他叫"李将军"，差点没扔了酒壶，结结巴巴地问道："你、你、你怎么会知道我是……"

老人拈了拈胡须笑道："这有什么难的。只是你还没回答我的问题呢！"

李靖放下酒杯，叹了口气道："实不相瞒，我确实有说不出的苦衷。"

老人道："你且说来听听。"

李靖便将攻城一事说了出来。

老人默默不语，独自走到古筝前面，坐下后便开始弹奏起来，丁丁冬冬弹了好一阵，忽然说道："萧铣这人残暴阴险。当年隋炀帝时，他仅是一名小小的县令。后来攻城略地，自己做起草头王来了，他这般逆天行事是该有人来收拾收拾他了。而今隋亡唐立也是历史的必然呀！"

李靖听他出言不凡，便有心请教，诚恳地说道："请老先生指教。"

老人站起身来，踱到门前，幽幽道："我本来隐居此地不打算再问世事，只是看到百姓受苦于心不忍，你要我帮你可以，不过你要答应我一件事，待你们一统天下之后一定要善待百姓。"

李靖"刷"地站起身来，正色道："我一定听从老先生的话，爱民如子，绝不食言！"

老人点头道："好！有你这句话，我也就放心了。听说你得了四百多只战船，有这回事吗？"

李靖点了点头，道："不知先生有何高见？"

老人道："我要你把这些船尽数放入河中，任它们顺流漂走，别加任何阻止。"

李靖怔了一下，问道："这有什么用吗？"

老人道："你想，你们孤军深入，江陵短时间又攻不下来，旷日持久，下游的敌人势必赶来救援。那时你们腹背受敌，这样要战船又有何

用？现在让这些船漂到下游，下游的敌军一定认为江陵已破，就不会急急忙忙赶来救援了。等他们了解到真相，你们早已破城，援军即便到了也无济于事。以四百艘船换取一座江陵城，两者之间谁重谁轻，不是明摆着的吗？"

李靖这才恍然大悟，立即拜谢了老人，回营照办。

果然不出老先生所料，萧铣到长江下游调集的救兵，才到巴陵，发现水上横七竖八地漂着大量战船，这些战船顺流而下，到了巴陵都搁浅了。

救援的将领们眼看这么多船丢下，认定江陵已经失守，便立即泄了气，停了下来。

过了七八天，听说江陵尚未失守，他们大惊，又马上提兵赶去，等他们急匆匆赶到时，才发现已经迟了，江陵已在前几日被李靖攻下了。

再说萧铣勉强支持了数日，不见救兵赶来，万般无奈，只好宣布投降。

李靖大获全胜，非常高兴。他忽然想起了尚未请教老先生的高姓大名，等他赶到先前的草屋时，早已人去屋空，只在屋内发现了一张纸条，上面写着"爱民如子"四个字。

以后李靖果然遵守诺言，成为唐朝的开国元勋。

草人借箭

唐玄宗时，安禄山造反，派他的将军令狐潮来攻打雍丘。不料遭到守将张巡拼死防守，一连许多天攻不下来。

要守城，最合用的武器是弓箭，但是令狐潮日夜攻城，张巡他们箭支消耗极大，连夜赶着做还来不及，该怎么办？

这天一早张巡下了一道密令：每个士兵做稻草人一个，中午时分上交，不得有误，耽误的人按军法处置。此事需做得十分机密。

命令下来，许多人都莫名其妙，心想：眼下是打仗时期，怎么做起草人来了？通常稻草人只有两个用途，要不用来立在田里吓唬鸟雀，要不用来出殡。这里可两个都用不上。

疑心归疑心，军令如山，做还是要做的。不到中午时分，一千个稻草人已经齐备。

张巡对这事极为重视，亲自来到仓库点数，见一千个草人一个不缺，心里高兴，随即又吩咐收集破旧黑衣一千件，破点烂点不要紧，但是一定要黑色的。

这次各军士已心里有底，心想准是今夜有什么重大行动。黑夜便于夜行，破烂便于地上爬，草中藏。

破衣破裤，老百姓倒是乐于捐助，只是花花绿绿，什么颜色都有。多亏大家会动脑筋，既然要黑的，何不借用墨汁？他们去弄来了几锭长墨，化在水里，又将所有不是黑色的衣服全数浸泡在里面，不出半天，已经完成了任务。傍晚时分，一千件黑衣也已齐备。这夜天黑得像泼墨似的，伸手不见五指。凡逢到这种日子，打仗的双方都耳朵提得高高的，生怕敌人偷袭。

半夜光景，张巡亲自带领一队士兵，蹑手蹑脚上了城头，然后吩咐身边士兵道：

"先点起一两只火把来，随即马上将它们熄灭了。之间动作要快，不得误事！"

这士兵道："张大人，这……这……万一被贼军看见岂不误了大事？"

张巡道："你照办就是，我正要他看见。"

这士兵见他说得玄，想必准有好主意，就"咯咯"两声敲亮了火石，点起两个火把来，随即伸手在空中一挥，立即丢在地下，用脚踩灭了。

这一串动作虽然快，但在这么一个泼墨般的大黑夜，犹如闪电一般，早被叛军的士兵看到了。

张巡暗暗叫了一声"好"。

接下去，张巡拿起一只破铁锅，像是失手掉下去似的，"哐啷啷"一声，甩到城下去了。

其实这样做的目的只有一个：要引起敌人的注意——你们小心了，今夜我们可要来偷营了。

果然，马上有人去报告令狐潮，说城上有动静。

令狐潮道："奶奶的，也不看看我令狐将军是什么人，趁着夜色偷袭是打仗惯技，难道我就连这一点也不知道？传下我的令去，不要吝惜箭，与我着力死射，不许他们近前！"

不多一会，城头上果然黑糊糊下来不少人。

令狐潮的兵是得到了命令的，哪里还会可惜箭羽，一齐张弓，一气射了半夜。

天明时才看清楚，缒下来的全是穿了黑衣服的稻草人。

这时草人上已经射满了箭，每个草人犹如刺猬一般，浑身上下缀得满满的。

本来嘛，一个草人，身子再大也缀不住一百支箭，只是张巡命令部下七上八下地拉动草人，发觉手里沉甸甸了马上拉上来取下箭，然后重新将草人再放下。这样一去二来，得到的箭就多了。

这样一上当，大概损失了有十万支箭，气得令狐潮破口大骂。

过了几天，又有人来报，说城上有火把一现，接下来还是"哐啷啷"的一声，好像又有什么动静。

令狐潮道："他奶奶的，又来骗我们的箭了。张巡这家伙只道我们个

个是傻瓜，别睬他们！"

　　然而这次下来的却是真人，五百人全是张巡挑选出来的勇士。

　　他们见敌人不备，一下子冲过来刀砍火烧，直杀得令狐潮军队死伤惨重，一逃就逃了十几里。

　　只可惜张巡兵马毕竟太少，否则光这一仗就可以解了自己的围。

狄青掷钱定军心

北宋时，广西边境很不安宁，皇上命大将狄青率军前去平叛。由于广西附近的贼寇气焰十分嚣张，把边境的守卫军打得落花流水，附近的百姓也都民不聊生，人们纷纷传说这些贼寇都是些神兵鬼卒，刀枪不入。消息传到了狄青耳朵里，狄青只报以一笑，并不相信。

可那些士兵却都害怕起来。他们长期受迷信思想的影响，对鬼神一类常常是宁可信其有不可信其无的。于是一时间，人心惶惶，军心动摇。

这天晚上，月色皎洁，星群灿烂，狄青外出赏月。他边走边看，深深呼吸着新鲜空气，突然见不远处有火星闪烁。狄青心中好奇，便快步走上去探个究竟。

只见有五六个士兵正跪在地上磕头。他们前面放有供品，还点着一长排香，其中一个口中念念有词："鬼神有灵，保佑我们平安归来。"

狄青见状，不由得眉头紧锁，心里暗暗叫苦。士兵这副模样，不战就先气馁。不成，我得想个办法稳住军心才是。

第二天天麻麻亮，狄青的大军便上路了。

半路上有一座神庙，传说在这座庙里供奉的神很是灵验。狄青见了，心中一亮，一个计划便在他脑中闪现。他马上命部队停止前进，朗声说道："今日路过此神庙，乃我军三生有幸，所以我决定前去参拜神像，并要许下一个心愿。"

众军士听了正中下怀，都高声呼喊："请将军快去参拜菩萨，保佑大军旗开得胜！"

狄青于是带了几个将军前往庙中祷告。他拜完神像后说道："此番出征，胜负之数尚未明了，但求神明保佑，早日指点！"

他一边说着，一边取出了一只装满钱币的小袋，说道："如果此战能大获全胜，那么我撒出去的钱，必定全是钱面朝上！"

众将军一听，不禁大惊失色。其中一名叫陈沂的将军在狄青耳边轻轻说道："将军这不太可能吧，还是别冒险，咱们快快上路吧！"另一名叫朱楠的将军也说道："是啊，将军。陈将军说得很对呀，这么多钱全撒出去，几乎没有可能全是钱面朝上。这、这不明摆着要长他人威风，灭自己志气吗？更何况如今的军心又不太稳定，这一掷岂不是雪上加霜。还请将军三思。"

狄青对众人的劝说充耳不闻，他面上露出了一丝不易察觉的笑容，装模作样拜了三拜后，便将一袋钱全部掷出去。只听"哗啦啦"一声，一枚枚钱币纷纷落地，在地上打了几个转后，便都躺着不动了。众将面面相觑，手心里都捏了一把汗，提心吊胆地上去察看。奇迹出现了，地上的铜钱竟无一枚背面朝上的。

众将齐声叫绝，都大喜过望。消息传了开去，所有的将士都沸腾了，他们欢呼雀跃，纷纷向菩萨膜拜。

狄青见状，微微一笑，命令随从将铜钱一一钉在地上，派人严加看守，不许别人稍动，然后对众人说："等到凯旋归来，再来取钱谢神。"

于是一支容光焕发、精神抖擞的队伍雄赳赳、气昂昂地开赴前线去了。

那些边境的贼寇久闻狄青大名，知他是位神勇的大将军，不但机变百出，而且所率部队所向披靡，无人能敌。今日一见这队伍军容森严，就知道胜负之数已定了，于是还未上场便气焰先消了一半。忽而又听探马来报，说狄青在神庙掷铜钱全部正面朝上，这部队定是受神明保佑，越发心里发虚。

在这种情况下，狄青的部队轻而易举地捣毁了贼寇的老巢。接着狄青又率部袭破昆仑关，平定了南疆。狄青班师回朝途中，又走过这座掷币的神庙。他再次下马，整了整盔甲，进庙去参拜神明。

庙外全体将士也纷纷跪倒，叩谢神明给他们带来的好运。狄青叫来手下之人，说道："现在，去把铜钱上的铁钉尽数拔出，再将所有的铜钱全都收起来！"

于下人照狄青所说去办。奇怪的是当他们拔出铁钉，将铜钱捡起时，发现所有的铜钱两面都是一样的，他们都将疑问的目光投向狄青。

狄青见了微笑不语，接过所有的铜钱，走出庙门大声说道："诸位请

看看这些钱币。"说完将铜钱掷到人群之中。

众人拾起一看，脸上都出现了诧异的神色，问道："将军，这是怎么回事？"

狄青缓缓道："你们现在明白了吧！这不是神明的功劳，而是我为了稳定军心略施的小计。"

众人这才恍然，纷纷称赞他们的大将军非但骁勇善战，而且才智过人。

鞭折钓鱼城

公元1251～1259年，中国历史上出现了一个威风八面的皇帝——元宪宗。

元宪宗的名字叫孛儿只斤蒙哥，一般叫他蒙哥大汗。他是威名赫赫的成吉思汗的孙子，即位前就带兵西征，灭大理、吐蕃、波斯等国，横扫欧洲，势力到达当时的奥匈帝国。欧洲被他打得魂惊胆落，称他为"上帝之鞭"。

1258年，他回师南征，亲率大军进入四川。当时南宋已龟缩在江南。蒙哥入川以来，节节胜利，不免趾高气扬。

1259年，他率领各路大军，渡过渠江鸡爪滩，进驻石子山，向合州进攻。合州钓鱼城倚天拔地，雄峙一方。它三面临江，形势十分陡绝险要。

蒙哥见了这城只是嘿嘿冷笑，他骑在他的那匹身高膘肥、浑身雪白的千里驹上，隔江用马鞭指指钓鱼城雄伟的城墙道："诸将看着，不出一月，我誓踏平钓鱼城！"当即派遣爱将汪德臣率队前进。

要攻城首先得渡江，合州正是嘉陵江、渠江和涪江三水汇合之处，三江水面辽阔，水势汹涌，十万大军要过江去，谈何容易？

汪德臣下令沿江找船，元兵毕竟兵多将广，几经搜索，到底也被他们抢来百十条船。蒙哥早等得老大不耐烦，即日下令向对岸进发，自己也一起下了船。

不多一会，许多船里的将士已在惊呼，说不知怎么一来，许多大船在漏水，江水汹涌而进，势不可挡。蒙哥坐的那只船也进了水，隐隐约约，似乎听到水下有凿船的声音。显然，是合州守将王坚派来专凿战船的水鬼。

众将大惊，忙通知附近大船靠近，七手八脚拥了蒙哥逃上另外的船只。幸而船多水鬼少，仅凿沉了三十几艘。即便如此，也已有几千人葬身

鱼腹。

直气得蒙哥破口大骂："王坚贼子，专施阴谋诡计。待本王攻破城池，定将你碎尸万段！"

上岸后，岸上伏兵四出，狠杀了一阵。汪德臣是背水，带了勇士舍命死战，这才好歹站住了脚跟。但已折了这一阵，先锋队死伤过半。

有了第一批人过江，不久，后军的数万人马才渡过江去。可惜江边地方不大，这么多人挤在一处，诸多不便。

休整一天后，汪德臣就开始强攻钓鱼城。

钓鱼城墙基坚定，城墙筑在山坡上，守易攻难。汪德臣亲自率兵攻了几次，每次城头石子、石灰雨点一般打将下来，中者非死即伤，无功而返。

一去二来，已是七月，天气炎热异常。将士们挤在这弹丸小地上，攻也不是，退也不是，加上水土不服，许多人身患痢疾，肚子拉得两条腿软绵绵的。

汪德臣心中焦急，带兵死攻。钓鱼城原是一座山城，城中有的是石子，石子劈头盖脑打下，其中一块椰子大小的石头砸在汪德臣脑袋上，将他打下马来，血流如注。汪德臣被救回营中时已是奄奄一息，不日竟死于非命。

蒙哥见死了爱将，心中闷闷不乐。他本来就好酒，心中一闷，更是每日喝酒，一天竟有半天在醉乡之中。

这天帐下谋士建议在空地上筑起一个嘹望台来，以窥探城中虚实。蒙哥觉得这个办法不妨一试，就吩咐抓来的木匠、石工连日加班施工，不日果然筑起了一个高达三十丈的嘹望楼。

蒙哥亲自带诸将上嘹望台去观察。不料王坚早有打算，准备了火炮弓弩，日夜守在城堞间，见有穿官服的人上了对面瞭望台，一声梆子响，箭如飞蝗一般，火炮隆隆。不少元将被射得刺猬也似的。另一些被火炮击中，脑浆迸溅。

王坚亲自搭箭拉弓，瞄准蒙哥。侍卫大叫："这里危险！大汗赶快下楼！"蒙哥刚一转身，背上一阵疼痛，王坚一箭已射中他的后背。蒙哥在众将簇拥下匆匆下楼。

王坚眼看他中了自己一箭，心中大喜，道："这箭镞上装有倒钩，进

了皮肉，只进不出，即使蒙哥命大，也会要了他的半条老命。为了早日送他进棺材去，我还有一计在此——来人，快去放生池里捉一尾大鱼来，越大越好。"

半天后，手下捉来了一条重32斤的大鲤鱼。这鱼有一个孩子般长短，浑身呈金黄色。王坚又命厨子做了300个面饼，派人将这两件东西直送蒙哥，并附上书信一封。

蒙哥背上的箭镞好不容易才被剜出，出血半斗，正昏昏沉沉躺在帐中，听说王坚派人送来面饼大鱼，便叫人打开信来念给他听。

信中说，大鱼一条面饼300，送予蒙哥大元帅尝尝味道，早日养好箭创。城里仓库充实，粮食堆积如山，多不敢说，再供十年军粮却绰绰有余；外加上大鱼满池，牛羊满坡，肉食不缺。等大元帅养好了伤，我王某愿再次领教大元帅的攻城本领。咱们一攻一守，再打它个十年八年。不知元帅意下如何？

蒙哥听了又气又羞，大叫一声，金创迸裂，昏死过去。

就这样，蒙古大兵退到金剑山温汤峡去了。1259年，一代枭雄死于当地。

这个被欧洲人称之为"上帝之鞭"的一代皇帝，竟在这个小地方被王坚他们将"鞭"一折两段。

戚继光的猴兵

明朝著名的将领戚继光是位抗倭寇的民族英雄。他率领的军队，训练有素，纪律严明，从不取老百姓一针一线，一心一意效忠朝廷，保护百姓，深受老百姓爱戴，俗称"戚家军"。

且说有一年，沿海地区有大批倭寇入侵，戚继光为了捍卫民族尊严，保护老百姓的生命财产，带领戚家军驻防福建。

驻地濒临大海，周围一带都是山。山峦起伏连绵，山上青松翠柏郁郁葱葱，空气也很清新，所以山上有许多野生动物，其中猴子最多。

戚家军初来，见此间山清水秀，环境优雅，山间树丛中群猴蹿来蹿去的，颇觉活泼可爱。

这些小猴也实在有趣得紧，它们从不怕生，见了人还挺高兴的，有的还叽叽喳喳地跑到戚家军队伍中，向他们要吃的。有的则模仿戚家军士兵走路的样子，一摇一摆在地上走，还有的索性到队伍前替大伙"开道"。

将士们被它们逗得哈哈大笑，就连平时不苟言笑的戚继光也露出了难得的笑容。

戚继光把队伍驻扎在环境优美的隐蔽处。这地方像是一个山谷的底部，四周重峦叠嶂，底部平坦得像一个平原，占地甚广。戚继光就在这儿练兵。

一天，士兵们正操练，突然来了一大群猴子。它们见到有人在练操，感到非常好奇，叫个不停，跳个不停。

不一会儿，来了一只老猴，它是这群猴子的头。它一到，群猴便都乖乖地坐了下来，一动也不动。只有一只小猴还蹦蹦跳跳个不停。老猴显然生气了，过去在它头上敲了一下，那小猴只好乖乖坐下不动。于是群猴像看戏似的看练操。

戚家军见状，都忍俊不禁，因为这些小猴子实在是太有意思了。

就这样一连几天，群猴天天来"观摩"，它们倒也蛮难得的，总是坐在那儿一动不动，安安静静的。

日子一久，这群猴子竟然也学会了伸腿弯腰的动作。只要戚家军在那边练操，它们就在老猴的带领下在这边"练操"。将士们戏谑地称它们是"猴戚家军"。

戚继光见状，心里一动，心想，何不真的组建一支"猴戚家军"呢？或许，打仗时能派得上用处呢？

于是他们将这群猴子捉住。起先那老猴甚是倔强，不肯屈服，还装出一副誓死不屈的样子，可当戚家军给它果子吃后，它便乖乖地投降了。

就这样，在戚家军耐心的训练下，不久，这群猴子真的成了一支听令行事的"猴戚家军"了。

一天，这一地区再次遭到了倭寇入侵。

戚继光拍拍老猴的头说："现在，你的任务来了。"

那老猴好像听懂了戚继光的话，点点头还行了个礼，逗得戚继光哈哈大笑。

这天夜里，戚继光将士兵们埋伏在敌营周围，然后让每只猴子手上都拿了一只爆竹。一声令下，群猴扑向了敌营。

那群倭寇听见营外有吵闹声，以为戚家军打来了，于是纷纷操起武器，冲出门来。

一出营地，发现一大群猴子在营前的木桩上跳上跳下，戏耍顽皮，煞是有趣。倭寇知道这一带猴子甚多，所以也不以为意，只觉得它们有趣，还道它们不知从什么地方偷来了些竹筒，在玩耍呢！

戚继光见倭寇放松了警惕，知道时候到了，便发出号令。

那群猴子听见号令声，顿时收起先前那一副顽皮的样子，在老猴的带领下，俨然一支训练有素的"猴戚家军"，同时将各自操持的爆竹丢了出去。

这种爆竹着地就炸。

顿时，营地里大火四起，倭寇还没反应过来，便被烧得焦头烂额，四下乱窜。

戚继光的大军纷纷杀将出去，与倭寇进行了一场敌弱我强的肉搏战。

很快，这群倭寇便被戚家军杀得片甲不留，那些在旁观战的猴子们，

开心得大拍其手，为戚家军"呐喊助威"。

这场战斗很快便结束了，入侵的倭寇也被消灭了，戚家军就要走了。可这群"猴戚家军"却舍不得离开他们，在送行的路上，相互间依依惜别，难舍难分。

从那以后，福建的老百姓对这一群帮助过戚家军的"神猴"更加呵护。

而与此同时，"戚家军的猴兵"的故事也就传播了开来。

张献忠智退敌兵

明朝末年，宦官掌权，政治腐败，搞得天怒人怨，民不聊生。

就在这时，张献忠带领农民起来反抗明朝政府。

张献忠在瞿塘峡北岸占山为王，崇祯皇帝闻讯后调兵遣将，用船队封锁江面，妄图断绝山上的水源，将起义军活活困死。

时令正值盛夏，加上干旱，山上的水源枯竭了。张献忠的士兵们因为没水喝，许多人脱水，有的又中了暑，处境十分险恶。

张献忠自己也裂开了嘴唇，他内心十分着急，因为长此下去，非但明王朝推不翻，就连此山也要出不了了。

张献忠眼看手下弟兄都在死亡线上苦苦挣扎，于心不忍，当晚带了十来个弟兄拿起水桶偷偷下山。

他们不敢往大道上走，硬是翻山越岭，从羊肠小道下去。一路上十分难走。

这一夜天色特别黑，连星星也没有一颗，张献忠心想这真是老天在助我。他们一行十人蹑手蹑脚尽量不发出声响，连脚上都绑了布条，在几次险些被明兵发现的危险中，终于走到了江边。

江水"哗哗"地流动，在月光的照耀下，闪闪发光，江边一个人也没有。张献忠的弟兄们这么多天来是第一次见到水，早已急不可待地奔了过去，俯在江边大口大口地喝了起来，有的甚至跳进江去，痛痛快快地洗了个澡，一扫往日的阴影。

张献忠也一头扎进水中，大口大口喝着，已经好久没有如此享受水爱抚的滋味了。这之后，他还跳进江里，洗了个澡，真是爽快极了。

终于喝也喝足了，澡也洗够了，他们赶紧提了几桶水往回走。

回去时已近子夜，四周悄无声息。不知怎么一来，突然"劈啪"一声响，把张献忠他们吓了一大跳。不好，有情况！张献忠他们赶紧躲进草

丛，过了好久，又是"劈啪"一声。非常清晰，就在张献忠的身边。

张献忠左右一看，也没发现什么。正茫然之际，"哗"的一片水花打在他脸上，他才恍然大悟。原来，刚才在江边打水时，他将一条小鱼也舀了进来。显然，这声音是小鱼拍打水花时发出来的。

张献忠不由得笑了起来，突然，他脑门一亮，计上心头，说道："有了！"

旁边的弟兄被他吓了一跳，轻声问道："有什么了？"

张献忠面带喜色，小声道："有退兵的办法了。"

众弟兄都非常高兴，若不是身在险地，他们真的要大喊几声。

走过敌人的"封锁线"后，张献忠才对弟兄们说："那些狗兵一定以为我们早已经被困死渴死在山上，现在我有一计叫他们以为我们有充足的水源，这样，他们就会自动收兵的，我们到时也就能脱困而出了。"

其中一个名叫李新的兄弟面带难色地说："张大哥，咱们哪来那么多水？"

张献忠微微一笑，把那桶水拎了过来，用手将那小鱼捞了起来，说："不用水，用它即可。"

"用它？"众弟兄齐声问道，"这怎么行呢？"

张献忠肯定地说："行，当然行啰！"

见众人一副茫然的样子，张献忠咧嘴一笑，一五一十地将他的计划说了一遍，众人听后大喜。

第二天，天刚刚亮，在江边道路上巡逻的官军突然听到一阵阵"啪啪啪啪"急促的响声。

他们以为山上的人耐不住渴，来决一死战，便赶紧发出警报，让将军当即率兵来堵截，以免他们漏网。

明军闻讯后，如临大敌，岂知围了半天不见动静，仔细查看，才发现有一条小鱼正在山路上翻跳。

为首将军把那小鱼捡起来一看，发现它鲜蹦活跳，正是刚离水不久的。他气得破口大骂，心想，我们日夜巡逻封锁此山，为的就是断绝山上的水源，可如今山上居然还养有鲜活的小鱼！看来山上有的是水。

于是他立即派飞马上奏皇帝，要求撤兵。

崇祯皇帝见困不住张献忠，反倒使自己空耗兵力，于是下诏退兵。

　　这大队明军早腻烦了这头顶烈日徒劳无益干蠢事的日子，得旨后呼啦啦一下退了兵。

　　张献忠他们听说官军退去的消息后，都忍不住朝天大笑。看来明王朝真的气数已尽，一条小鱼便能吓退这一大批官军，说来岂不是滑天下之大稽？

　　就这样，张献忠小鱼退官兵的故事在民间流传了开来。

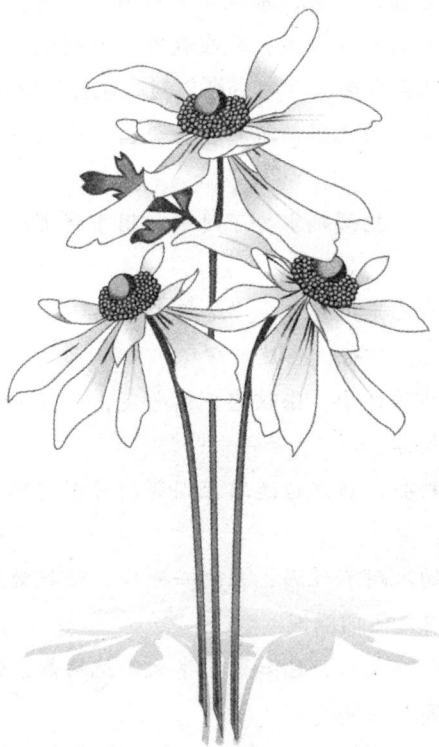

银子与泥巴

　　清朝时期，政治腐败，官吏贪赃枉法，搞得民不聊生。贵州苗族的起义军在张秀眉的带领下，准备攻打贵阳。他们把军队驻扎在山口。

　　这下可吓坏了贵阳城里的官吏，他们虽身为朝廷命官，却从不为老百姓办实事，干好事，只是尽其所能地搜刮老百姓。他们听张秀眉要来清算老账，一个个都吓得面如土色，不知所措。

　　贵阳县的县太爷王允是个十足的酒囊饭袋，他把全县所有的大小官吏都召来商议对策。

　　王允愁眉苦脸地对众人说："如今这世道乱糟糟的，反贼乘机作乱。我等都是大清命官，不能丢失大清的一寸土地，不然，非但要丢官弃职，还要连累全家。兄弟今日请诸位来商议，诸位有什么好办法没有？"

　　众人纷纷说："王大人这等精明能干都奈何不了那反贼，我们又有什么能耐了？这事难哪！"

　　王允听了，眼眶一红，仰天叹道："天啊天啊，难道老天爷真想要我的命吗？我王允一生清廉高洁，光明磊落，俯仰无愧天地，天哪，你为何待我这样不公？"

　　众官吏见王允这个丑样，便都曲意逢迎起来，说道："王大人也不要难过，所谓天无绝人之路，想你王大人印堂红亮，定能福星高照，危难之时逢凶化吉的。"

　　就在这时，有人朗声说道："小人有一计，不知大人要不要听听？"

　　众人回头一瞧，不是别人，正是那号称"鬼点子"的秦平。

　　此人平日里阴险狡诈，诡计多端，又因他擅长拍马奉承，在短短几年内竟由一名小童升至师爷。

　　那王允听说有了法子，不觉欣喜若狂，也顾不上什么身份高低，亲自走下来询问："秦兄有何高见，快快说出来，大家来参详参详。"

秦平见有机会在众人面前露一手，不免要摆摆架子，清了清嗓子说："在下不才，在众位大人面前献丑了。"

众人说道："秦师爷、秦兄、秦大哥，你就说吧，快说吧！"

秦平这才说道："这法子说来也挺简单，只需王允大人派人将三箩银子和三箩泥巴丢在哑山口，就万事大吉。"

王允不解，问道："这有什么用？"

秦平淡淡地笑了笑，道："做试探之用呗。若那张秀眉要了银子，这说明他们造反仅仅是为了钱，那咱们就用钱去收买他；若他要了泥巴，这事就难办了，这说明他们是想要占领贵阳，夺回田地，将我们统统赶走。"

王允听了还是茫然，道："那算什么计？要是他只要泥巴，难道我们拱手将贵阳城奉送不成？"

秦平道："大人且放一百个心。俗话说人为财死，鸟为食亡。有哪个人见了白花花的银子会不动心？我看张秀眉一定是取银丢泥。"

王允听了，觉得有理，便命手下人马上照办了。

且说这天张秀眉正在山头巡察，有探子来报，说刚才有一队人鬼鬼祟祟进山来过。

张秀眉一听，说："定是王允派来的人，快下去看看！"

张秀眉他们一干人急冲冲走到山下，哪里有什么人，只见山口一字儿排开六只大箩，三只明晃晃，三只黑漆漆。却是三箩泥巴和三箩银子并排摆在那儿。

张秀眉觉得古怪，便对手下人说："你们先去看看附近有没有人。"

不一会儿，手下人赶回来报告："没人，不过有十来个人向贵阳城方向走去。只是已走得远了，看不太清楚。"

张秀眉便大步走到六只箩筐跟前，伸手将银子拿起一锭，在手上掂了掂，估计有十两左右，上面还盖着戳记。

张秀眉心想，王允这贼子将这些东西扔在这里干什么？莫非……

众兄弟见张秀眉沉思地低下头去，不觉面面相觑，也弄不懂这是怎么一回事。

突然张秀眉抬起头来，对弟兄们正色道："大家知道王允来这一手有什么用意吗？"众人都摇摇头。张秀眉道："试问大家，如果任意挑选，

大伙愿意选银子呢还是选泥巴？”

众兄弟道："当然要银子。"

张秀眉摇了摇头，说："我们若是取了这银子，敌人便会认定我们攻打贵阳城是为钱而来，狗官们就会拿出银子来同我们讨价还价。这样一来，我们这么多兄弟的血难道就白流了吗？那我们这些起义军，岂不真成了道义放两旁、利字摆中间的无耻之徒了？这与那些丧尽天良的狗官又有什么区别？"

众人听了觉得非常惭愧，都不禁脸红耳赤低下了头。有人问道："如果要了泥巴，又怎么讲？"

张秀眉郑重其事地说："要泥巴嘛，就是说要与他们决一死战，将他们赶走，夺回我们百姓自己的土地。"

弟兄们听了二话没说，丢下银子，把三箩泥巴一起抬走了。

王允听说张秀眉抬走了泥巴，眼跳心惊，大声斥责秦平道："你、你、你还说那张秀眉定会见钱眼开。现在你看，这……这可如何是好？"秦平也傻了眼。

于是，王允只好求爷爷拜奶奶地到各处求情，借来了七个省的兵力，准备跟张秀眉决一死战。

张秀眉带着父老乡亲，怀着必胜的信心，与官兵大战一场，终于将他们打得大败而逃，一举攻下了贵阳城。

义不独生的邓世昌

邓世昌(公元1849~1894年)，清末海军将领，著名爱国将领。邓世昌11岁就进入福州船政学堂，成绩优异。他精通测量、驾驶，曾任南洋水师的舰只管带。1887年，他跟随丁汝昌赴英国购买铁甲舰，任总兵兼致远号巡洋舰管带。

光绪二十年(公元1894年)8月17日，中日战争中的黄海海战打响。邓世昌指挥致远号冲在最前面。当时中国海军很落后，火力远远不及日本军舰。

就在隆隆的炮声中，突然他边上的一个士兵叫了起来："邓大人，不好！旗舰中弹，旗，旗落了下来！"

在弥漫的烟雾中，邓世昌果然看见旗舰定远舰十分危险，督旗已被炮火击落。他果断下令："升督旗！快！升督旗！"

指挥全军的督旗又在致远号上升起来了。全军士气为之一振。现在所有的军舰已改为听从致远号的指挥了。

可是，敌舰的密集炮火也随之吸引到这边来了。它们总是要围攻旗舰的。

邓世昌对部下说："各位兄弟，如今我们的民族正处在生死存亡之际，这一战能否取胜，关系极大，今天，就是豁出命去，我们也要战斗到最后一刻！"

众人听到自己敬爱的邓大人这番慷慨激昂的话，齐声道："邓大人，你发令吧！我们命可以不要，舰不能不保！"

"好！"邓世昌被部下的响应激动得热泪盈眶。于是他们以密集火力向敌舰猛攻。由于清舰的炮射程较近，离敌舰距离也较远，竟然奈何不了敌人。不一会，自己舰上的炮弹已打得差不多了。

眼看着自己的兄弟舰只一艘艘被击沉，而自己竟无能为力，邓世昌恨

得牙痒痒，他一拳打在船舷上。

"邓大人！"旁边的一名水兵见邓世昌的手上鲜血直流，惊得喊了出来。

邓世昌挥挥手，示意他不要大惊小怪。

就在这危急的时刻，邓世昌振臂高呼："兄弟们！我们这些人，自从军卫国以来，早已置生死于度外了。今天事已如此，我们有死而已！目标贼船吉野号，开足马力，冲啊！"

全舰250个人，听了邓世昌的话，齐声高喊着将舰开足马力直冲日舰，要与他们同归于尽。日舰吉野号见势不妙，吓得边放鱼雷边逃之夭夭。邓世昌他们见吉野号逃了，料到他们肯定会使诈，只是要躲闪已来不及了。

邓世昌惊呼："左舷！左舷！"话音刚落，只听见"轰隆"一声巨响，致远号中了鱼雷，船底被炸出了一个大洞。

邓世昌急忙叫道："快去！快随我去底舱堵漏！"

可这枚鱼雷着实厉害，不但炸坏了船底，而且把舱内的机械系统也尽数破坏了。海水汹涌而入，很快船只的底舱被水淹没。邓世昌知道舰船是毫无希望了，他心痛至极，这个响当当的男子汉大丈夫，眼看着自己的民族落后挨打，不禁落下了滚滚热泪。

舰船渐渐下沉，邓世昌强忍着内心的悲痛，对全体将士高呼："大丈夫死则死矣。我们今日即使死去，也会有人永远记着我们，记着我们的致远号曾经为我们的民族、人民战斗过。现在，让我们瞄准敌人，发起最后的一击吧！"说完，致远号发出了它的最后一炮，便永远地沉入了海底。

邓世昌以及他的众多弟兄都落入了海中。

邓世昌身子泡在冰凉的海水中，他的心也一直往下沉、往下沉。此时此刻，他死意已决。

这时，一名水兵向他游来，叫道："邓大人，接着！"

他将一个救生圈抛给邓世昌。

邓世昌凄惨地笑了笑，一挥手将救生圈又抛给了别人。他对那位水兵说："船在我在，船亡我亡。我义不独生。"说完他的身体渐渐沉了下去。

忽然旁边传来一阵"汪汪"的叫声。邓世昌张开眼望去。原来是他的

爱犬，正朝他游来。这条颇通人性的狗似乎看出了主人寻死的念头，它硬是咬住了邓世昌的衣服不放。衣服破了，它就去咬辫子，总之是不让邓世昌下沉。

邓世昌腾出一只手，轻轻抚了抚爱犬的头，动情地说道："你跟我这么久，今日要分别了，真舍不得你。可我必须去死，不然，我太对不起众多死难的弟兄。"说完一把推开爱犬，竟自沉海底而死。

仙鹤指路

1894年，朝鲜又遭日本侵略，朝鲜人民不是他们的对手，来请求中国帮助。

当时中国正是清朝，皇帝派了一支清军去支援。其中有一个将军名叫聂士成。

且说这天聂士成所带的那支军队，进入朝鲜后一连打了好几个胜仗。这天他们来到成欢以南的地方，看见一路上屋毁田荒，尸骨遍地，不禁心里酸楚。他们一连走了有十里路，竟然见不到一个活人。

因为问不到路，走着走着，就迷路了，正为难，只见一个瘦子坐在田边唉声叹气。他头戴笠帽，手拄拐杖，看不清有多大年纪。

聂将军通过翻译和颜悦色问他："我们是大清军队，特地来打日本的，一不小心迷了路，还请指路。"

这瘦子道："原来是大清来的，统统的，大大的好人，来来来，我领你们去！"

聂士成看这神情，心存怀疑，只是他不懂朝鲜话，那人的话只是通过翻译传给他的，加上当时急于找到大路，也就让他领路走了。

不料走着走着竟然来到了一处山谷，抬头一看，只见四下里壁立千仞，地势十分险恶。

聂士成心知上当，心里大惊，连忙回头，那个瘦子早已不知去向。

明摆着，这是一个日本派来的间谍，扮作朝鲜人，故意来引诱他们进入陷阱的。问都不用问，山谷外一定有大批日本军队包围。

果然不出所料，不久各个探马来报，山谷外正有大队日军围着。不用说打，光是围着，聂士成的军队人多粮少，困上三天五天，也会要了他们的命。

一个副将站出来道："聂大人，事已至此，不冲也是死，冲也是死，且容小将打头，冲杀出去！"

聂士成道："冲是冲不出去的，你且带一队人马慢慢向前探路，看有没有什么法子可想。一切小心在意。"

这副将挑选了三十个人，往南走了。晌午时光出发，过了两个时辰还不见动静。

聂士成派出探马去看，不多会，探马泪流满面回来，说他们已陷入泥淖，没有一个生还。原来南边竟是一块大沼泽。

其他人吓成一团，不知如何是好，惟有聂士成背着一双手踱来踱去，也不知他在想些什么。

突然，他眼睛一亮，用手一指西边山顶，说："此处或许可以冲出去。"

众人抬头一看，只见山顶上一对仙鹤，头顶鲜红，浑身雪白，更无一根杂毛，金睛铁喙，两爪如铜钩一般。它们在山冈上别毛梳翎，顾盼生姿，一副悠然自得的样子。

众人半信半疑，集合起队伍，跟了聂士成朝西边山冈上爬去。

这山看上去不怎么样，但实际上爬起来艰难异常。只见危峰峭壁，鸟道羊肠，荆天棘地，寸步难行。只是个个心里明白，如果不一鼓作气冲出去，只好死在这里。所以大家振作精神，拼命向前。

大家互相帮助，你拉我的手，我拉你的手，连拖带拉，一齐爬上山冈。果然，这里并没有敌人。只是下山路途更是惊险。

好在这里有的是粗如人臂的野藤，枝条如铁，既韧且坚。聂士成吩咐用刀割下三十条，牢牢缚在山石上，然后分成三十个小分队，排好队一一握住粗藤溜下山去。这样过了两个时辰，终于全部脱险。下得山来，众人已软成一团，气喘吁吁，半天缓不过气来。休息一天后，聂士成率部趁着夜色，在日本军队后面狠杀了一通。

日本军队只道大清军队还困在山谷里，不防有这一招，一时间被杀得哭爹喊娘，死伤无数。

打胜仗后，士卒才问："聂大人，我们有一个问题一直存在心里，那天大人是怎么知道朝西方向一定没有鬼子把守？"

聂士成笑笑说："其实说穿了也挺容易。当时我见山顶上有一对仙鹤没事儿似的停在那里，知道那里一定没人。如果有人，这类鸟最是眼尖，早已飞走。"

可见打仗最忌的是遇事慌张，只要仔细观察，定能找到生路。

巧选突围口

抗日将领杨靖宇所带领的东北人民革命军第一军独立一师，时不时地打击土匪出身的"剿共团长"邵本良。邵匪一向自视很高，不料斗智斗勇没有一件是杨靖宇的对手，不是损兵就是折将，至于丢失辎重枪支，更不在话下，所以对他恨之入骨。

有一天，邵本良请来了两千余名日军，连同他自己的那一帮土匪，搞了一次突然袭击，一下子将杨靖宇的抗日军队围得铁桶似的。

这一仗打得十分残酷，只是抗日战士个个拼死战斗，才让邵本良的如意算盘没有打成。

可是杨靖宇部队的兵员不足、装备不齐、枪支弹药又奇缺，如果不及时冲出，凶多吉少。

关于这一点，邵本良心里也一清二楚，所以他叉着腰对部下说："兄弟们不要怕辛苦，日夜紧防，不要走漏了一个。咱们围他个十天半个月，杨靖宇不被打死也饿个半死。到时候俘虏了他，皇军重重有赏不说，本团长也赏大伙一人五十大洋！嘿嘿，那时候嘛，东北就是皇军的天下，咱邵本良也可以扬眉吐气了！不过嘛，杨靖宇这家伙足智多谋，对付这种人，只可智取，你们看着好了，本团长一定叫他乖乖儿上个大当。"第三天一早，抗日部队阵地外的大路上，走来一个人。伏着的哨兵定睛细看，只见这人走路摇摇晃晃，进一步退半步的，嘴里咿咿呀呀的不知在唱什么小调。

哨兵见他既不像当地百姓，又不像是当兵的，这里正在打仗，一般人不会不知道，看来准身负特殊使命。

他们一待他近前，一跃而出，喝道："什么人？站住！"

这人一见抗日战士，吓得尖叫一声，翻身就跑，只是脚步踉跄，没有跑上几步就"噗"的一跤摔在地上。

哨兵还未走近他身边，就闻见一股子酒味儿。于是将他拉起来，立即

送到杨将军那里。杨靖宇见这人形迹蹊跷，说："你们搜一搜他身上。"哨兵一搜，从他身上处搜出一封信来。杨靖宇拆开信封，只见信上写道：

"罗开吉营长大鉴：你处兵力最弱，杨靖宇不突围则已，突起围来一定朝你这方向出来。望你多加防备。我已派兵来增援你。请你坚持两天，两天内必到。团长邵本良。"

杨靖宇问了这人几个问题。这人一问三不知，只说邵团长叫他送信，别的就什么也不知道了。

杨靖宇问他："你平日也是负责送信的吗？"

这人挠挠头皮道："我，我，我平日是管马的，不知为什么这次要我来送信……我真的什么也不知道。"

"那你为什么不走小路，偏要走大路？难道就不怕被我们抓住吗？"

"我也这么说，走这条路危险。可他们说，他们已经打听好了的，准没事，叫我放心走好了。"

问到这里，杨靖宇与参谋相视而笑：明摆着，这是邵本良设下的一个圈套！他故意叫这个替死鬼来送信，让抗日部队抓住他，并看到信中内容，信中故意暴露兵力薄弱点。如果杨靖宇误信这信，他准将重兵把守在那里，到时候就会落入他们的包围圈之中。

既然有送上来的，为什么不来个将计就计？杨师长马上附着参谋耳朵秘密商量起来。

就在这天深夜，罗开吉所守的阵地上，突然响起了"砰砰"的枪声。瞧这模样，抗日部队果然中计——选择这里作为突破口。

邵本良早已在这里加强兵力，本人也转移到这里来等待杨靖宇上钩。

他心中大喜，道："怎么样？杨靖宇再狡猾，也中了老子的'虚中有实、实中有虚'之计。快，快，二队，四队，迅速包抄过去。往死里打！不要走了一个！"

但是，包抄啊包抄，一直折腾到天亮，也不见有一个抗日战士。

原来是杨靖宇将计就计，故意派几个机灵的战士去假装上当，放了几枪后马上转移了；而他本人则带领大部队挑选敌人最薄弱的防守处，集中火力，杀伤大量敌人后，一冲而出。

日本军队长气得指着邵本良的鼻子骂道："你的，自作聪明，混蛋混蛋的！杨的，聪明十个你！"

巧攻柳河水河子

1933年秋天，著名抗日将领杨靖宇根据党的指示，广泛发动群众，成立了东北人民革命军第一军独立一师，由他自己担任政委兼师长，并建立了长白山抗日根据地。

当时柳河地区有个土匪头子，名叫邵本良。这家伙长得五大三粗，一脸的络腮胡子。他不但马上马下功夫好，而且诡计百出，一肚子的坏水。他手下聚着一大帮子的流氓地痞，一直在那儿危害百姓，杀人放火，奸淫掳掠，什么缺德事儿都干得出来。

当地老百姓，只要提起邵本良来，没有一个不是恨得牙痒痒的，若是抓住了他，真会一口一口生吃了这个家伙。

"九一八"后，他见风使舵，转身投靠日本鬼子，当上了"剿共团"团长。这样一来，狗仗主子势，更是坏事干尽干绝，也不知有多少抗日义士和无辜百姓死在他的手下。杨靖宇早就在动他的脑筋，打算找个机会收拾他。这天，邵本良正在陪日本鬼子的一个"指导官"吃早饭，猛地电话铃"丁零零"乱响，一个哑嗓门叫过来：

"喂喂，喂！邵团长在不在？快……快……快让他接电话！"

邵本良一把夺过电话，吼道："什么事？你爹还没死呢！"

哑嗓门火急火燎叫道："喂喂，你是邵团长吗？……咱们是水河子。救命！……咱们顶不住了……快来救援，迟了就没救了……谁来打？还有谁？……杨靖宇！对，就是他……还会有谁呢……"

杨靖宇在猛攻水河子，再不去救就要被攻下来了。电话里还隐隐约约听得到枪声呢。

邵本良深知水河子是他老窝，如果有失，以后他到什么地方去安身？

他结结巴巴地向那个日本鬼子打了招呼，点起千把人马，一阵风直奔水河子。

一路上他边连连抽马，边大声儿叫唤："兄弟们，给我出死力拼命！打退了杨靖宇重重有赏！谁如果临阵脱逃，全部死啦死啦的！"众人听得他那几句半中国半日本的汉奸话，肚里虽然好笑，却也只好尽力向前。谁又知道，才走了一半路，后面尘烟大起，一匹马飞一般赶来。马上那人高声在叫："前面邵团长停一停！大事不好！……前面邵团长停一停！"

邵本良心头一紧，猛勒缰绳，一挥手，让队伍暂时停下，喝道："什么事大惊小怪的？"那人眨眼间来到面前，马还未停，一个翻身滚下马鞍，叫道："报……报报报告！邵团长，大大大事不好！您前脚才跨出柳河，后面杨靖宇已经攻了进来……"

邵本良才听到一半已经耳朵"嗡"的一声，问道："那么……那么留下的人怎么样了？""留下的一个中队全……全部报报报销了……"

邵本良这一惊非同小可："这，这怎么好？奶奶的，我是中了这杨贼的'调虎离山'计了！——兄弟们，回身赶！柳河失了，咱们就没命了！"

说这话时，那个来报告的人已经转身上马，一个敬礼，飞一般往另一条路跑了。

邵本良的一个副官道："邵团长，这人面生得很，不像是我们的兄弟，别是杨靖宇派来骗我们的？"邵本良一怔，心想这话不错，飞马上前喝道："你与我站住！你上哪里去？"那人头也不回道："小的上兄弟部队求援去！"

邵本良掏出枪来"砰砰"两枪，只是那人去得远了，枪法虽准，却已伤不到他的一根毫毛。

这下，可把邵本良给搞懵了——回去吧，水河子不保；不回去吧，柳河又不知道是怎么一回事。正在犹豫不决，柳河的败兵已经陆续来到。这回可是千真万确，杨靖宇果然在攻打柳河。

于是，这一团人又马不停蹄地赶回柳河。

但是一到城里，才发现城里静悄悄的。杨靖宇部队已经来而复去，将城里大量枪支、弹药、粮食、布匹都搬走了。

此外，还有一个惊人的消息等着他：水河子已被杨靖宇攻了下来！

杨靖宇就是这样利用真真假假的情报，在邵本良带了大部队在路上来来回回时，攻下城池抢走他的辎重的。

偷袭吉大港

1942年的一天晚上，大地沉浸在一片泼墨似的黑暗中，天上没有一颗星星。这种夜晚，不禁让人感到有些恐怖。

"滴滴……滴滴滴……"万籁俱寂的天幕深处传来一阵阵电波声。

一个一直静候在发报机旁的小伙子的神情突然紧张起来。只见他双眉紧锁，一对炯炯发光的眸子一眨不眨地盯着电台，两只耳朵直竖着，生怕遗漏了一个符号。

几分钟后，发报声戛然而止。小伙子还是一丝不苟地盯着电台，生怕它会跑了。

果然没几分钟后，发报声再度响起。如此反复地进行了约莫五六次后，"滴滴"声才终于不响了。

小伙子站直身子，伸了个懒腰，忍不住呵欠连连。他轻轻走到窗口，发现天边已露出鱼肚白。他抬手看了看表，差不多已经五点半了。又是一个通宵未眠。不过也还算值得，候了这些天终于还是让自己收到了鬼子的信号，他嘴边露出一丝难得的微笑。

这到底是怎么回事？这小伙子又是谁呢？

原来，1942年10月的一天夜晚，印度加尔各答城首次遭到日机轰炸，而中英印三方盟军事前竟毫无察觉。原因何在？中方侦收台分析后认为是盟军没有掌握日机的作战规律。

于是中方侦收台召开了紧急秘密会议，要求各电报接收人员集中注意力搜索有关日军的密码电讯。

会后侦收台的总负责——陈品源少校特意留下了一位最优秀的报务员——李敏(也就是刚才那小伙子)。陈少校特意关照了他几句。

这不，李敏在电台旁坚守了四天四夜。他困了就拧自己大腿一把，要不就咬一大口辣椒。四天下来，大腿也肿了，嘴巴也麻木了。不过，老天

不负有心人，终于让他收到了密码。

李敏快步走回到电台旁边，整理了一下自己收到的信号，将一大包辣椒轻轻放进了抽屉，便走出了房间。

陈少校正好在晨练，见李敏从初升的朝阳中大步走来，英姿飒爽，一身笔挺的军装穿着十分合体，更显出这年轻人的英气勃勃。陈少校不禁微微一笑，看样子这小伙子一定是得到了什么重要消息，不然这"冷面小生"是不会面带笑容的。

李敏向少校行了个礼，然后将自己所得的情报详细汇报给了陈少校。

陈少校忍不住在李敏肩上重重拍了一下说道："好小伙，有出息。这第一步咱们总算走对了。不过……"

李敏正色道："请长官放心，我一定将密码破译出来！"

陈少校正视着面前这位一脸坚决的小伙子，神情郑重地点了点头，说："嗯！那我把任务交给你了。"

李敏感到肩上担子不轻，不过他喜欢接受挑战。

李敏当即投入了破译密码的紧张工作中。他白天钻入各种参考书中找有关资料，晚上又坚守在电台旁，接听各种信号。

中国有句俗话，叫做"有志者，事竟成"。

在李敏不屈不挠的努力下，终于破译出了日军的第一批密码。

一天晚上，侦收台发现日军同左机场上空电波频传，呼叫不断。

李敏从呼叫声中判断有九到十二架日机正在起飞。不久，对方呼叫中断约十分钟后再度出现，但所不同的是，这次出现的是一组组并无规律的数字。

李敏与同伴们立即对数字进行破译，显然这与他先前接收到的完全不同。

李敏的心骤然提了起来，他的双眉深锁着，双眼直直地盯着这一串数字，大脑飞速地运转着。突然，犹如流星划破了天空，他想到这会不会与航行有关？

于是他与同伴们投入对"示向度"的校对考证。果然不出所料，这些数字正是日机从同左起飞偷袭加尔各答的飞行"示向度"数码。

这样中方完全掌握了日机的秘密动向，并及时通报了英印空军指挥部。

英印方面立刻组织起了一队战斗机和一支舰队，迅速开向了吉大港。

夜还是这般宁静，静得连一根针掉在地上都能听见。

九架日军轰炸机悄悄从吉大港起飞，准备借这夜幕的掩护直扑加尔各答。他们似鬼影一般在高空飞行着。突然，只听见一声巨大的爆炸声在耳畔响起，不久机身迅速倾斜，直坠海面，海面上又顿起火光，机枪的"嗒嗒"声此起彼伏。这是怎么回事？还没等日军轰炸机的飞行员们清醒过来，九架轰炸机早已一架不剩地落入大海，无一幸免。

日军本想在人不知鬼不觉的情况下偷袭加尔各答，没想到自己竟中了别人的埋伏。

不战而屈人之兵

1945年，日本裕仁天皇向全世界宣布无条件投降。中国举国沉浸在一片欢呼与喜悦之中。东北抗日联军终于迎来了胜利的一天。

就在联军为抗日战争胜利而准备举行联欢会之际，联军参谋长伍修权将军接到了一份电报，说一支日军航空队为了逃避国际法庭审判以及东北抗日联军和苏联红军的追歼，在林弥一郎的率领下，丢弃机场和飞机，带领了两万难民夺路逃命，决心以"武士道"精神效忠天皇。

伍修权接到电报后，陷入了深思。日军在二战中对中国人民犯下的滔天罪行就算让他们在历史长河前长跪一百年也还不清的。但是日本的人民是无辜的，作祟的只是一小撮军国主义者。如果对日军的两万余名难民也加以歼灭，这与禽兽不如的法西斯分子又有何不同？

伍修权将军连夜召集了手下军官，将电报内容对他们说明后，顿时会上像炸开了锅。一时间，众说纷纭。有人建议全歼日军，踏平凤凰城；有人说应该晓之以理，动之以情，令日军主动投降；也有人说日军残暴的个性是无法用"理"来打动的，还是需要一战……

席上伍修权一直默不作声，他一直听众人你一言我一语地议论着。最后，众人把目光都投向了他。

伍修权见众人不再言语，看来是准备征求他的意见了。他缓缓站起身来，炯炯的目光向众人扫了一眼，道："日本鬼子在中国所作的孽是令人发指的，但你们还要弄清楚那是一群禽兽所为，他们是罪恶的军国主义者，我们和日本人民同样都是法西斯的受害者。既然现在有给他们改过自新的机会，我们为什么不能伸出宽容之手，拉他们一把，让他们从此也走上光明的道路呢？如果我们现在还要以牙还牙，这和法西斯有什么不同？"

一番慷慨陈词，说得众人心服口服。他们都在心里反复思量：是啊！

战争的受害者是老百姓，我们为什么心胸如此狭窄，要将自己的痛苦也强加在无辜的难民身上？

这样经过伍将军一番细致的思想工作后，东北抗日联军决定以"晓之以理，动之以情，瓦解敌军，为我所用"为指导精神，展开一场不动刀枪的战斗。

东北抗日联军十二团包围日航空队后，立即派出谈判小组进行劝降。

伍修权作为联军代表，出席了谈判仪式。

谈判是在一间民宅的大厅里进行的，一张长方形的木桌，两边安着两排长凳，这便是谈判桌了。

林弥一郎在中国东北多年，久仰伍修权人品，怎奈各为其主，不得相交，今日有幸见面，却仍是敌我情形。

伍将军开门见山道："现在凤凰城中两万余名日本难民正处于不安和穷困之中，为保护你们两万同胞安全，只有放下武器是惟一出路。"

林弥一郎端坐在伍修权对面，静静地听着伍将军说话。他在心里反复琢磨：这位其貌不扬、个子矮小的东北汉子，是凭借什么征服了众人之心？对了，是坦诚！那对炯炯眼神之中永远流露出一股令人既敬畏又信服的光彩。

伍修权见林弥一郎对自己"审视"了半天不发一言，就猜想也许是自己的态度不够诚恳，不能令对方完全信服，便又正色道："林弥先生是否还觉得有何不妥，都请说出来，只要我伍修权能办到的，一定在所不辞！"

林弥一郎心中一热：多直爽的汉子，多真诚的言语！他张口欲言，话到嘴边却又硬生生给咽了下去。原来他虽然觉得联军代表言之有理，但内心中仍疑虑重重。他害怕当俘虏，中国人民会"以牙还牙"，让他们饱受酷刑，还怕中方使用"缴械投降"等词语。

伍修权始终注视着林弥一郎的神情，见他欲语还休，知道他还有顾忌。他站起身来，拉开窗户向外一指，对林弥一郎道："林弥先生，请你过来看看这些人吧！他们曾经是多么幸福，有家，有父母，有妻子儿女，还有自己的朋友。但是残酷的战争把一切的平静安宁与幸福都打碎了。他们才是战争最无辜的牺牲者。现在好了，战争结束了，一切都应该恢复平静了，不应该再让不幸的人们痛苦下去了。相信林弥先生也有父母妻儿，

但是法西斯驱使你们离开家乡参加了这惨无人道的侵华战争。我们中国有一句老话'人之初，性本善'，林弥先生的心也是肉长的，一定会对此作出正确的决定的！"

林弥一郎的心被深深震撼了，他感到眼眶一热。他缓缓从座位上站起来，对伍将军鞠了一躬，用敬仰的神情对伍将军说："将军一番话令我不胜感动，我一生最仰慕英雄，将军阁下更是人中龙凤。在下有一个小小要求，希望将军能将身上所佩的手枪送给我作纪念，不知可否？"

林弥一郎原来是想试试伍修权的诚意，谁知伍修权立即站了起来，摘下手枪递了过去说："只要你们放下武器，不再抵抗，这枪是区区小事，又有什么不可以的？请！"

这一宽广胸怀和气魄，使林弥一郎和他的部下心悦诚服。

后来，他们果然放下了武器。

担架 "暖炕"

1952年冬，朝鲜战场。前方志愿军有不少急需治疗的伤员。一支支担架队踏着厚厚的积雪艰难地行走着。

奇冷的野外环境，不仅给担架队员增加了困难，而且伤员也饱受痛苦。

躺在担架上的伤员，尤其是重伤员，急需送后方医院抢救，然而他们的肢体不能活动，尽管上担架时，一个个都裹上了棉被、大衣，但天寒路远，等到达目的地时，有的连脚都冻坏了。

医护人员尽管采取了许多措施，但效果不大。一些伤员由于肢体坏死，只好截肢保全生命。

担架队的队员们一个个心如刀割。

郝东明的绰号叫"小北京"，平日里时常操着一口字正腔圆的京片子，是个挺热心的小伙子，大伙要有什么事都去找他，他总是不辞辛劳地替大伙办事。

前方的医务工作者得知他是北京人，而且还有一位当医生的老爸，便把那些紧缺药品的单子交给他，请他回北京取些急救药品来。

郝东明天没亮便上路了。他先赶火车，又转汽车，再转乘火车来到了北京。

走出北京站，郝东明深深吸了口气，一股寒风扑面而入。哦！已经有半年没回北京了，参加志愿军走时，是老爸来车站送他的。半年了，北京也变样了。

"东明，东明。"

郝东明转头寻找那熟悉的声音。东面入口处走来了一位满头银发的老人，他身穿一件军大衣，正挥舞着双臂。

郝东明情不自禁地喊了声："爸爸！"便奔了过去。

父子俩一路谈笑风生，不一会儿就到家了。郝妈妈见到父子的身影一出现在巷口，便迫不及待地喊道："东明啊，东明！"

郝东明冲到母亲面前，郝妈妈牵住郝东明的手，喜悦的泪花在眼角闪烁。她把郝东明让进屋内，说道："这不，一大早就给你烧的炕，冻着了吧？快上去暖暖身子！"

郝东明坐在暖暖的炕上心潮澎湃。他眼前又浮现起那些伤员们冻僵的肢体，一颗男子汉的眼泪掉在了火热的炕上。

"怎么，想家都想哭了？"郝父打趣他。

郝东明抬头朝父亲望了望，颤声说道："要是咱们的伤员有火炕暖暖就好了，我现在坐在这么温暖的炕上，不知道他们怎么样了，一想起来，我这心里就挺难受的。"

"哦！快说给我听听。"郝父激动地挨着郝东明坐下。

郝东明便将他们担架队的事都说与他老爸听了。

郝父听后皱着眉头沉思了半晌，忽然他高兴地喊道："有了，我有一个法子能救你们伤员。"

"什么法子，爸，你快说！"郝东明一听说有好法子，便迫不及待地问道。

郝父笑嘻嘻地说道："我记得小时候看过人家烧窑，那些砖头都不容易散热，后来才知道那是因为石头的比热大，不易散热。所以你们不妨烧些石头垫在伤员身子下面，这样一来，他们就不会冻着了。"

郝东明可乐坏了，他搂着老父的肩膀喜道："哎呀，爸您可真是个天才，这也只有您才能想得出来。哎，我得赶快回去把这些办法教给他们。"说完他便忙着下炕，穿大衣。郝父一把拖住急着往外冲的儿子，笑斥道："傻儿子，你这是去哪儿呀？"

"去火车站，我得赶快回去。"郝东明边说边迫不及待地往门外冲。

"哎呀，我说你傻吧，你还真傻，你的任务还没完成呢，就忙着要回去，再说了，你人快还是电话快？"

郝东明笑了笑，拍了拍自己的脑门，说："我还真糊涂了。"

就这样，郝东明和他父亲回到北京军区，通过电话将这则好消息告诉了前方的担架队队员们。

志愿军担架队依照郝东明的法子，果然找来许许多多拳头大小的石

头，把它们放在火堆里烧了约摸几个小时，然后用棉絮包好，塞进伤员的被窝里。

担架队出发了。尽管天寒地冻，冰封三尺，可担架队队员们的心里是热烘烘的，因为他们终于可以安全地将伤员送到后方医院抢救。

这些放在伤员被窝里的石头，因为被棉絮结结实实地包裹着，所以放在伤员身子周围非但烫不着伤员，而且还暖烘烘的。

由于石头的比热较大，散热就比较慢，一路上，伤员的手脚始终是热乎乎的。这样一来，伤员的血液循环通畅，就不会有致残的威胁了。

这个办法在朝鲜战场上传开了，许多志愿军的担架队纷纷效仿，伤员们也能安全送到医院进行及时抢救。中国人民志愿军有了这许许多多法宝后，斗志更加高昂，连连打胜仗，守住了我们祖国的门户。

发错了的弹药

20世纪30年代，被英帝国主义统治了50年的印度，到处燃起了反抗的怒火，殖民统治已经濒临崩溃的边缘，新的独立国家，即将在这古老的土地上诞生。

加尔各答是印度沿海城市。统治印度的英国总督、年迈的查理德伯爵在这里休假。老年支气管炎折磨着他，使他变得十分暴躁，他手下的那些侍从和副官，只要听到他不断的咳嗽声，谁也不敢走进他房间里去，只有等他咳完了，又休息一会儿，气渐渐顺下来，才能把必办的事禀报给他。

总督的这种状况，叫加尔各答的英军司令大伤脑筋。假如总督不在，好多事他可以自己作主。现在，重大的决策非得请示总督不可，而总督又常常不能及时作出决定，唉，好多事就这么错失了良机，真倒霉。

就在总督亲临加尔各答的这段日子里，加尔各答的印度军队内部，发生了一连串的变故，不安分的年轻印度军官们正酝酿着起义。他们对甘地提倡的不合作运动已经不耐烦起来，既然手里有枪，为何不在时机合适的当口燃起起义的烈火？

合适的时机终于来临了。一天，加尔各答的港口，停泊了一艘英国运输军火的海轮，运来的枪支弹药，是供一年一度军事演习用的。也不知道是什么原因，英国的总后勤部门，发错了弹药箱。这次发来的，居然是用牛油防潮的那一种。

佛教的诞生地印度，牛是一种神物，它的生老病死，都得听自然安排，宰杀和食用牛肉是特别禁忌的。而根据英军的训练条例，士兵压弹时，必须用牙齿撕咬子弹盒的包装。现在，子弹盒里的子弹是用沾满牛油的纸包装的，每一位印度籍士兵在射击过程中，一定要沾上神圣的牛躯体

提炼的牛油，这违反了他们的宗教习俗，挫伤了他们的民族自尊心。军营里顿时沸沸扬扬地议论起来。

加尔各答的司令知道事态再发展下去，一定不可收拾。军火运输，牵涉到跟总部的关系，他人微言轻，无法跟伦敦直接打交道，便开着车到总督那儿去汇报，希望能把发错的子弹退回去。

一路上，司令吩咐司机把车开得飞快。出了市区，来到一座树林边，汽车突然发出"吱吱"的尖叫，然后刹住了，可是刹车为时已晚，从林子里走出的一头白色小牛，正悠悠地穿过马路，一下子被汽车撞倒在路当中，眼见无法救活了。

又是牛！白色的牛，在印度更是无上的神物，别说在城外，就是在最热闹的街市，它也一样悠哉游哉，任何车子都得绕开它走。司令一肚子不满意，立即叫司机拐了个弯，一溜烟朝前开，离开了现场。

更大的麻烦还在后面。当他驱车来到总督下榻的别墅，看到副官们正手足无措地守在门口，不让任何人进门。伯爵的老毛病又犯了，在这个时候，谁也不敢进屋去打搅。

等了一会儿，驻军司令实在忍不住了，便央求副官提前进屋去，把海港城里发生的危险告诉总督，请求他致电伦敦，立即把发错的军火运回英国，可能的话，就请总督下令，暂停今年的军事演习。

副官尴尬地听完司令的话，感到事情实在难办。他知道老伯爵的脾气，在这种时候进屋，十件事有十件办不成。但是经不住司令的再三央求，他只得抱着试试的心态，畏畏缩缩进了屋子。

果然，一连串的咳嗽和断断续续的责骂，把副官轰出门来，门"砰"地关上的一刹那，外面的人都听到总督气愤的话语："不行，不行，别拿这事来打扰我。"看到副官无可奈何的表情，司令官长叹一声，什么话也没说，回头上了汽车，回到城内。

到了司令部附近，司令就发觉气氛十分紧张，原本在司令部站岗的、包着裹头红布的印度士兵都不见了，换上的是荷枪实弹的英军。值日军官冲出司令部，急忙上前报告情况，他还没讲几句，四周的道路上，突然出现了好几队印籍士兵。在新的演习中将要使用裹牛油的子弹，以及司令的汽车轧死了白色神牛的消息，像在人们心头点起了一把冲天的怒火，士兵们排着队来到司令部，请求取消使用新子弹的命令。

　　窝了一肚子火的司令这时再也按捺不住了，这些愚昧的土著士兵，居然敢到司令部闹事！他立即下令架起机枪，把闹事的人驱散，抓住为首分子。

　　事情没有按这位英军司令的想法发展，印度士兵继续朝前进。值日军官喊哑了嗓子之后，终于下令开了枪。第一排士兵的鲜血激怒了陆续前来的印度士兵们，一场为捍卫民族习俗和尊严的起义终于爆发了。起义的烈火燃遍了大半个印度，谱写了印度人民争取独立自由的新篇章。

牛血酒

　　土耳其的军事力量曾经风光过一段时间。1552年土耳其奥斯曼帝国就曾显赫一时，居然派12万大军，浩浩荡荡地侵犯过匈牙利。

　　且说匈牙利的北方有个重镇，名叫埃格尔城，是个战略要地。土军统帅古尔曼是个打仗老手，岂有不识的道理？他深知只要攻下埃格尔，其余城市唾手可得，所以呼啦啦一下将这城围得水泄不通，别说一个人一条狗通不过，就连一只鸟儿也难飞越。而当时的匈牙利国王也真是够糊涂的，这么重要的关隘竟然只派千余官兵把守，而且这些士兵也远非精兵。好在这城筑在半山之上，城堡司令伊斯特万又是个足智多谋的良将，这才保得城池暂时不失。

　　这城驻军1 000人，加上男女老幼1 000人，总共也只2 000人。经过伊斯特万的动员和组织，军民一心，日夜开工，他们一齐动手，挖了一道深30米、宽3米、上下共分五层的、以城堡为中心、17公里长的地道网。但是匈军毕竟人少力薄，物资军械又十分有限，只能苦苦支撑。

　　再说土耳其一带民间，原有一种迷信，说如果一个男孩从小就喝牛血酒，长大了会力大无穷。只是这种牛不是家家户户都有，所以话虽这么说，喝的人却少而又少。

　　事情也真凑巧，埃格尔城恰好盛产葡萄，夏秋两季葡萄丰收，民间多有制作葡萄酒的。这些酒由于是红葡萄制作而成，酿成后呈红黑色，入口温和，酒性却颇厉害。这一天，城堡司令伊斯特万见土军欺人太甚，准备在半夜里主动出击一次，杀他一个冷不防。当晚二更时分，他将1000人的精锐部队集结在地道里，吩咐取来红葡萄酒，先让战士们开怀畅饮，以增添杀敌的力量和勇气。这些好汉原是喝酒惯了的，只是为了打仗已经半个月没有酒进口，今天长官特准，自然开怀畅饮。

　　傍晚时分，一声令下，这群勇猛如虎的好汉蹑手蹑脚钻出地道，来到

土军军营门口，一声呐喊，撞开营门，冲将进去。这时千万个火把早点着了帐篷，照得天地一片通明。

这些土军料不到两千人马敢主动攻打12万人，个个死猪一般睡着，等到听见声音醒来，早已有千把人死于非命。其余人只见火光下匈牙利兵个个红盔红甲红胡子，口边还染有一片红色，不知是怎么一回事。

也不知谁叫了一声："妈呀，喝牛血酒的来了！快逃！"

这些人本来就心里有鬼，只听见"牛血酒"三个字，早吓得魂飞天外，丢下武器，一溜烟走了，一面还要大叫："快逃，快逃，别让牛蹄踩上了！踩上可别想活了！"

自古以来，打仗最怕的就是军心动摇。众军士见别人跑了，自然而然自己的两条腿也跟着跑了起来。这次进攻就这样被英勇的匈牙利人粉碎了。为了纪念这一战役，从此匈牙利人将埃格尔出产的葡萄酒改名为"牛血酒"。

假命令

　　第三次中东战争期间，以色列在不损失一兵一卒的情况下，将阿拉伯国家的军队打了一个落花流水。

　　这话乍听时，不免令人有些怀疑，其实说穿了却也不由人不信，这只不过是由于以色列军队成功地施用了计策。

　　且说在战争期间，阿拉伯国家一支军需车队正在疾驰，向正在死海南部进击的阿联酋装甲部队运送弹药和汽油。

　　这支车队的负责人是阿军的一名上校——拉里。拉里本是位骁勇善战的好军官，就是心浮气躁了些，还有些固执己见。这不，原本应该在前线指挥战斗的他，却不知怎么搞的被上级调遣来做押运队长。他心里是一百二十个不乐意，却又不得不服从。

　　车队在夜幕中行进着，周遭的一切显得是多么的凄凉啊！战争，无情的屠戮，焚烧，将原本宁静美好的一切都摧毁了。拉里在吉普车的颠簸之下沉沉睡去。

　　突然身边的卫兵把他推醒了。拉里迷迷糊糊的，见卫兵一脸慌张的样子，还以为被敌人包围了，刷地一下坐直了身子，一把抓住卫兵的双肩，急问道："有敌人吗？"

　　卫兵被他那双铁钳似的手卡得痛极，大声道："啊哎，不是……对不起，请……"

　　拉里越发急了："快说有什么军情。什么啊哎不是的，快说！"

　　卫兵好不容易拉开他的手，松了口气，这才清清楚楚说道："报告上校，不是有敌人，而是我们刚刚收到上级的指示，让我们的车队调转车头，将物资运到B区。"

　　拉里喃喃自语："干吗去B区，不是说去前线吗？唉，不管它，去B区就去B区，老子听命令不就得了。真他妈的，叫老子干什么不好，偏偏叫

老子当押运队长，看不被人笑掉大牙才怪呢！"

　　卫兵听他自己叽里咕噜了半天，便又急问道："上校，到底掉不掉车头啊？"

　　拉里肚里有气没处发，便对卫兵大声吼道："你难道没听见上头的指示吗？难道老子可以自作主张不去吗？掉头，掉头，去B区！"

　　卫兵被他吼得说不出话来。于是车队便转头向B区进发。约莫走了有20公里，突然前后方"轰隆"声大作，地雷炸成一片。周围烈火冲天，黑烟蔽日。

　　拉里顿感不妙，他企图命令车队回头，这时以色列重炮和飞机又开始了袭击。就这样，拉里这支毫无准备的运输队陷入了绝境。

　　拉里急得像热锅上的蚂蚁一般，接二连三地向总部发出了求援信号。可惜没等到援兵到来，他便已身陷重围，全军覆没。

　　再说总部在接到拉里上校的求援信号后，当即派遣另一支阿联酋部队出发，要他们从孔蒂拉进入以色列，去援助前线部队。

　　这支阿联部队的指挥官阿曼少校虽不似拉里一般莽撞，却是个绝对服从上级的军官。

　　他这支部队在行进中，警惕性十分高，密切注意着周围一切情况。

　　才走到半路，突然说上级来了命令。

　　阿曼的通讯兵将一份译好的电报递给了他，只见上面写着：你军前方七公里的小山上有一支以色列军队正在集结，向你部运动，命令你部迅速重炮轰击消灭它。

　　阿曼接到命令后，无暇细想，便当即下令快快架起大炮和导弹，准备战斗。

　　阿曼一声令下，一颗颗地对地导弹呼啸着飞向对方，只听见"轰隆、轰隆"一声声巨响传来，紧跟着便是一道道火光冲天而起，对方阵地上，顿时硝烟弥漫。

　　阿曼心里甚是得意，暗自窃喜道：以色列一向狂妄自大小觑我们，今天也让它尝尝我们的厉害。

　　不料他还未想完，对方的大炮也开口了，炮弹呼啸而来。阿曼的部队也受到了来自对方导弹的轰击。眨眼间，自己的两辆坦克已被当场炸毁。

　　阿曼发火了，命令部下加强火力，以横扫千军之势，务必压倒对方。

于是双方均加大了火力，准备拼个你死我活。阵地上是爆炸声不绝于耳，硝烟滚滚，火光冲天，将黑夜都照得像个白昼一般。

由于双方势均力敌，打了一夜也难分胜负，一时间双方均已死伤惨重。

好半天，阿曼少校发觉对方的导弹型号分外眼熟，居然和自己部队使用的一样。他是位武器专家，深知以军不可能使用这种导弹。难道打了自己人？

阿曼连忙叫手下向对方呼叫。

对方一回话，令阿曼震惊不已，原来对方并非以军，正是自己国家的另一支部队，而他们也接到了同样的命令，双方才接上了火。这下可明白了，原来他们都上了以色列的大当，走入了他们摆下的迷魂阵。

很显然，是以色列得到了他们的密码等情报，用假情报冒充指挥部下达命令，造成混乱，才得以大获全胜。

乐极生悲

1973年10月14日，埃及的1 000辆坦克在几百架战斗机的掩护下，卷着漫天尘沙，像汹涌翻滚的潮水，涌向以色列军队的阵地。这则消息早已被以军摸得一清二楚。以色列南部军区司令官戈南，当即下令以军迅速组织反击。以曼德勒坦克师为首的坦克部队迎面向埃及军队反扑。

只见以军的坦克师"轰隆、轰隆"地犹如雄狮一般不断向前开进。气势磅礴、威力无穷的以军坦克师，在气势上就高出对手一筹了。

只见曼德勒坦克师一到阵地上，便向埃军坦克发射了反坦克导弹。一批批反坦克导弹喷射着火焰飞向埃及坦克群。仅仅两小时，埃军就损失了250辆坦克。埃军统帅见大势不妙，下令向以军猛烈开炮。只可惜，埃以两军相距甚远，埃军的炮弹连以军坦克都还没碰到，便纷纷落地炸了。以军见势更是加大火力，逼得埃军节节后退，连招架之力也没有了。

埃军统帅知道，如若硬拼，非但连以军毫毛都伤不到，还会落个全军覆灭。所谓识时务者为俊杰，留得青山在，不怕没柴烧，还是三十六计，走为上吧！埃军全线撤退后，以军见他们如此，知道定是打自己不过，逃命去了，便也不再追赶，欢天喜地回后方去了。埃军的军士们节节败退后，气势十分低落。

统帅看在眼里，急在心里。他可不希望自己的军士们就此一蹶不振，从而导致满盘皆输。便召集起军官，对他们朗声道：

"大家这样子算什么，遇到小小挫折就气馁了，还是男子汉大丈夫吗？大丈夫能屈能伸，再说胜败乃兵家常事，何必如此斤斤计较呢！大家应该重新振作起精神来，一鼓作气，把他们打个落花流水！"

这番话倒是起了一定的效果，但统帅心里知道，要以力拼力，自家的武器绝对敌不上以军，所以只可智取，不可硬拼。但是怎样才能智取呢？统帅在心里不停琢磨这个问题。

对了！他脑门一亮，计上心头。想来这几天以色列人一定会因为打了胜仗而高兴得忘乎所以，防备上也一定有所松懈，不如趁此机会窃听一些机密情况。

他快步走到桌边，随手操起电话筒，拨了个号，冲着话筒讲道："是侦收台吗？对，是我，我要求你们全天二十四小时监听以军电台，收集有关以军的秘密，一有消息，立即向我汇报！"

果如统帅所料，以军在获胜以后，不免有些得意忘形。别的不说，就说他们那位一向以精明著称的南部军区司令员戈南便因疏忽而闯下了一场大祸。

事情是这样的。当以军初战获胜的消息传到戈南那里后，他兴奋极了，当即决定亲自上前线走一趟，因为他要部署更大规模的战斗行动。

戈南立即登上一架武装直升机，飞往前线。在飞机上，戈南望着下面一片片开阔的土地，不禁想入非非。

他梦见以军在前线以力拔山兮气盖世之势向埃及境内长驱直入，所向披靡，势如破竹，不但攻取了埃及一些城市，还以直捣黄龙之势威胁埃及首都开罗。

想着想着，他忍不住哈哈大笑起来。边上的人员都惊诧地望着他。戈南也感觉到了自己的失态，不由地坐正了身子，清了清嗓子说："驾驶员，请马上与曼德勒师长联系，我有事相商。"驾驶员很快与曼德勒联系上了，就将对讲机递给了戈南。

戈南还在回味刚才那一番白日梦，接对讲机的手也因兴奋过度微微有些颤抖。

接过对讲机后，他抑制不住内心的狂喜，一时忘乎所以，竟然忘了此时通话必须用暗语的规定，大胆地用明语对曼德勒喊道："你是曼德勒将军吗？我是戈南！你干得可真漂亮，我要向上级如数汇报你的战绩，要给你嘉奖！要……"

戈南正谈得起劲。突然，从对讲机里传来了一阵猛烈的爆炸声，通话中断了。

戈南不知道发生了什么事，还以为是无线电出了什么故障，就叫驾驶员赶紧修好接通，因为他还要继续他未完的谈话。

没一会儿，戈南到了前线指挥部，他一下飞机就说要找曼德勒师长。

一位哭丧着脸的情报官向他走来，用悲哀的哭腔对他说，曼德勒将军刚才不幸被埃及的炮火炸死了。戈南懵了，他怒问是什么缘故。情报官支支吾吾了半天才说出原因。

原来，当戈南用明语喊话时，曼德勒师长正在前线阵地视察。戈南一通话，埃军就掌握了曼德勒将军的所在位置。于是埃军不费吹灰之力地消灭了以色列的一名高级将领。

戈南听后，顿时后悔不已。

来自空中的恐吓信

电讯事业的发展，使它在战争中由原来的辅助媒介逐渐上升为主导战争的手段。

1973年10月，以色列和阿拉伯世界爆发了第四次中东战争。

由于埃及空军在战前做了充分的准备，几次空战下来，以色列吃亏不小。

阿希礼上校面对每况愈下的战争局势，急得团团转。他想扭转局面，可不争气的空战队却屡战屡败，一想到那帮埃及人正在嘲笑自己他就恨得牙痒痒。

阿希礼上校回到家中扭开电视机的开关想看看有什么新的形势变化，电台正在播报一则新闻，说是一名富翁的儿子被绑架了，那群绑匪向富翁写了封恐吓信，说叫他在三天之内交出一亿元，不然，他儿子就会没命。

阿希礼上校突然心生一计，有了！他顾不得关电视就直奔情报局而去。

阿希礼找到他的老同学现任情报局负责人拉米阿。

拉米阿见老同学风风火火地跑来找他还以为发生了什么大事，不想阿希礼一见面就没头没脑地蹦出一句话来："可不可以帮我一个忙？"

拉米阿道："你要我帮忙总得说清楚是什么事，没头没脑的把我都弄糊涂了。"

阿希礼这才意识到自己的鲁莽，他抱歉地笑笑说："我想要所有埃及飞行员的档案，我知道你有不少手下正待在那儿，叫他们帮我查一下，好吗？"

拉米阿不明白这是什么意思，他说："要这些有什么用？"

阿希礼催促道："这你就别管了，反正只要帮我这个忙就行了。"

拉米阿虽然不情愿，可看在老同学的份上他还是答应了。

拉米阿的手下果然十分厉害，他们在埃及做间谍，查飞行员的档案这种小事对他来说简直是小菜一碟。

当一份份埃及飞行员的个人资料送到阿希礼的手中后，他开心地笑了，他对拉米阿说："你是专门从事间谍工作的人，这次我要让你见识一下我独创的现代间谍战争。"

阿希礼找来几位文字功夫较好的人，他取出拉米阿送给他的埃及飞行员的档案，对那几名文字工作者说："我要你们仔细阅读这几名飞行员的资料，然后模仿他们的家庭通讯方式写几封给飞行员的信。"

那几个人果然厉害，这几封家信写得十分逼真，不过阿希礼上校似乎并不满意，他纠正道："我收回我先前所说的，事实上我是想叫你们用家庭通讯的方式写一封恐吓信给他们。"

文字工作者立马提笔就写，不一会儿，一封封恐吓信就送到了阿希礼上校的手上。

阿希礼又跑到电台找了几名播音员。

这一天，是埃及空军同以色列空军的大会战，战前阿希礼上校做了充分的准备，他命令自己的士兵将无线电一律关上，然后对他们说："今天你们一定会赢，不要管别的，只要给我狠狠地打，绝不要手软，要知道你们的同胞是死在他们的手上的。"

回到指挥室，阿希礼拨了个电话给拉米阿，请他马上过来观战。

拉米阿走进指挥室，发现室内有几台电台和几名播音员，就诧异地问阿希礼道："这是干什么？"

阿希礼看看那几名播音员，故作神秘地说："等一下你就知道了，先坐下来喝杯咖啡，我有一出好戏正要上演呢！"

空战开始后，埃及空军当即向以色列空军发动了最猛烈的攻击，以色列空军显然有些招架不住了。

这时，坐在一边观战的阿希礼上校突然站起来，走到一名播音员身边在他耳朵旁说了几句，那名播音员便打开了话筒，捧读起一封信来。

拉米阿侧耳听见播音员说："亲爱的阿默尔上尉，心情还愉快吗？您的妻子艾路易丝和孩子穆罕默德及阿卜杜勒都在惦记着您呢！他们请求您把炸弹扔到海里去，否则，以色列人会以五十倍的代价来轰炸您的家乡开罗。请为您的妻子和儿女们想想吧，不要再做蠢事了。"

拉米阿心里的疑团这才解开了，他由衷地佩服阿希礼，赞道："战争中最关键的就是心理问题了，你这脑袋也不知是怎么想的，居然想得出这么好的主意。这种间谍战我还是闻所未闻。我真佩服你，阿希礼，来为我们的国家干一杯。"

阿希礼微笑着举起酒杯同拉米阿碰了碰，一仰脖子干了杯中的酒，他谦逊地说道："其实也没什么，我只不过从新闻上看到一件绑票事件，所以才会想到这么一招。虽说不太光彩，可兵不厌诈这句老话还是会起作用的，来，让我们一同来观看吧！"

雷达扫描出来的空战实况由原先埃及军占上风的局面渐渐转变为以色列军占上风了。

播音员还在不停地宣读那一封封来自埃及飞行员们"家乡"的恐吓信。

鏖战正酣的埃及飞行员突然从话机中听到这些东西，一个个神魂不定，沮丧消沉，方寸大乱，许多人由于打仗分心而成为了以色列军的活靶子。

这一仗以色列军队竟以全歼埃及空军飞行队的好成绩取胜。

"赎罪日"的战争

10月6日，是犹太人的"赎罪日"。教规规定，这一天教徒们禁止一切娱乐活动，从早到晚不准吃饭、喝水、开汽车，甚至连听广播、看电视都不行了。那天人们要徒步到寺院里去，到诉苦墙前祈祷。

这时候，以色列的军队也因"整个社会的生活神经松弛"而丧失了警觉。

1973年"赎罪日"前的一天，以色列军队接到了上级命令，让士兵和军官们都回家过节去。有些军官迟疑了，他们害怕埃及趁机打过来。

就在这时，一位肩佩少将军衔的军官见到这些军士脸上迟疑的表情，说道："恭喜各位，明天就是'赎罪日'了。"

其中一位军官站直身子，道："报告长官，我们担心走了以后，埃军会趁机攻打过来，到时我们必定吃大亏。"

少将摆了摆手示意让他坐下，说："这个问题，我们事先已考虑到了，但诸位请别忘了，埃及是伊斯兰教国家，按照伊斯兰教习惯，现在正是埃及的'斋月'，埃军在'赎罪日'里是绝对不会向我们发起进攻的。所以，请诸位放一百个心吧！"

"赎罪日"这天，以色列军营里，人去楼空，静得令人不安。树上不时传来一阵阵猫头鹰的恐怖叫声，听得人毛骨悚然。

当夜色像被打翻了的墨汁般渗透开来时，一群群以色列人从四面八方向寺院汇聚。

到了教堂后，人们纷纷聚在诉苦墙前祈祷。

这一群善男信女因向上帝赎了罪而不禁面带安详的神情。他们享受着这长久以来没享受到的平静，欣慰自己的心终于有一时片刻的安宁。

可谁会料到，一边是人们在祈求赎罪，另一边战争的火焰又在悄悄燃起。

埃及人早已料到"赎罪日"这天以军必会因"整个社会的生活神经松弛"而丧失警觉。

所以，他们的参谋精明地指出，犹太人不会错过这么重要的日子。因此早在几星期前他们就暗暗部署了作战计划，准备向以色列报一箭之仇。

这天，埃军的坦克部队打先锋，偷偷地向以色列边境前进。

果然不出所料，以军军营空空如也，就连守卫苏伊士运河东岸的前沿阵地，也很少有士兵巡逻。

埃及集团军司令欣喜若狂，命令部队全速前进，昂起大炮炮口，向以色列发起了猛烈的攻击。

战斗机迅速升空，战舰齐发，埃军以迅雷不及掩耳之势，扑向以色列，炮击军营，抢渡运河。

当埃军的大炮"轰轰"奏响时，犹太人才猛然醒悟。

一时间，人们东奔西窜，大呼小叫，彻底破坏了"赎罪日"的清规戒律。

以军司令部当即下令，召集所有军士，准备战斗。

指挥部里铃声大作，不是报告埃军已突破了某地区，就是说我军损失太大。气得以军总司令差点当众骂街。

总算在一个小时后召回了一部分军士，便马不停蹄地向前线出发了。

可这仓促应战的以军又怎是有备而来的埃军对手呢？

在埃军猛烈攻击下，以军节节败退。直到退回被以军认为坚不可摧的"巴列夫防线"以内，形势才略有转机。

可惜的是，好景不长，埃军以其独有的精密作战方案，向以军的"巴列夫防线"猛烈开火，炸得以军只有招架之功而无还手之力。最后竟连招架之功也丧失殆尽。

于是，全线后撤，一切的看家本领都使将出来，才得以撤回后方。

就这样，埃军仅用了三天时间，就一举冲破了以军认为坚不可摧的"巴列夫防线"，杀得以军措手不及，丧失了苏伊士运河东岸十五公里的地区。

刺猬坦克

第四次中东战争爆发，以色列一下子成了众矢之的：埃及军队强行渡过苏伊士运河，将以色列的防线打了个稀巴烂；巴勒斯坦游击队深入以色列后方进行骚扰，神出鬼没；叙利亚军队一下攻占了一大块以色列军队的阵地，连赫赫有名的谢赫山阵地也不能幸免。

最令以色列伤脑筋的是它的一个坦克旅被叙利亚坦克部队团团围住，两百辆坦克一辆也没有逃出。

以色列坦克旅旅长是个中等个儿，才40岁，模样儿虽然长得一点也不英武，可在同行中名声显赫。他因打过不少胜仗，自视清高，一向不将同事们放在眼里。这次不慎被围，急得他犹如热锅上的蚂蚁一般。

他想："这次被围，摆在我面前的就三条路：一是坐等人家来救；二是举白旗投降；三是自己冲将出去。坐等人家来救这条不可取，过后受人耻笑不说，眼下我国不论空军陆军还是装甲部队全是自顾不暇，抽不出兵力来。何况时间等得稍久，待叙利亚方面调来大量轰炸机一顿狂轰滥炸，我们两百辆坦克不成一堆废铁才怪呢。第二条更不可取，过去我打人家时总是往死里打，不论叙利亚、巴勒斯坦，还是埃及，只要一说起我们坦克旅就恨得牙痒痒的，他们即使肯接受我投降，也绝没有好果子给我吃，再说我也没有这个脸再活在世上。还是自己冲出去吧……难度虽然大，却也绝非一点希望也没有。对，死马只当活马医，就在这几天里想办法冲出去！"

主意已定，他召集了各团团长，晓以利害，询问可有什么好的办法冲出重围。众团长面面相觑，半晌作声不得。还是有一个团长提出，先将炮口一起对外，围成一团，结成一个大圈，以防背后有人偷袭。这个主意不坏，旅长就吩咐照办。

散会后，以色列坦克阵地上隆隆声大起，不到一刻钟，所有坦克已经

掉过身来，一齐炮口朝外，屁股对内，模样儿活像一只乍遇敌人尖刺外张的刺猬。

叙利亚兵团看见它这种样子，一时倒也奈何它不得，一心只想调集大批飞机前来密集轰炸。然而以色列的空军一向强大，防空部队又非等闲之辈，万一轰炸不成，被他们打下几架，偷鸡不着蚀把米，反被人耻笑。因此迟迟没有行动。

这天凌晨四点光景，东南方向以军坦克突然轰鸣声大起，约有四十辆坦克横冲直撞过来。叙利亚坦克中队猝不及防，一下子被它打坏二三十辆。叙利亚别处军队马上出兵支援，以军却又倏地一下缩了回去。

次日傍晚，驻守西北方向的叙利亚炮兵部队遭到以军坦克部队的突然袭击，它边上的坦克中队赶着去增援，混战中损失惨重。

就在这后半夜，以色列被围的两百辆坦克骤然间一齐轰鸣，响声震天动地。包围他们的军队只当它们想突围，齐齐开火制止，打了半天，却不见它们冲出来。

这些坦克刚刚退去，叙利亚军队总以为至少还有几个小时可以喘口气，不料正南方向的以军坦克又开来寻事。这次其挑停放着来不及开走的卡车碾，择军营帐篷轧，一下子让叙利亚军损失了许多物资和士兵。

从此，以军或三个小时，或五个小时，总要骚扰一次，要不就是左冲右突，死缠烂打一气，要不就是虚声恫吓一番。

别小看他们这番滋扰，他们不但弄得叙利亚军队日夜提心吊胆，而且每次总要吃些小亏。几天下来，积小亏为大亏，总共已损失坦克130辆，死亡人员无数。

但若是你去进攻，它却又像一只刺猬一般，浑身是刺，叫你无从下嘴。

以色列坦克旅采取这样的古怪办法，让叙利亚军队攻也不是，退也不是。久而久之，不胜其扰，几个指挥员商量着先退避三舍再作定夺。

于是就在一天深夜，一声令下，原来包围在以军周围的数以万计的叙军部队缓缓后撤。一时间汽车、坦克、摩托的轰鸣声响成一片。他们进退有序，井井有条，一派大军风范。

然而跑出十公里外，还听见轰鸣声不绝。当时他们还只当是自己的部分部队动作过慢所致。

　　不料第二天，侦察兵来报告，说就在这一夜间，被包围的以军坦克已无影无踪，像空气一般消失了。这让叙利亚司令感到大惑不解。

　　原来以军坦克一听见叙利亚撤退的声音，马上明白是怎么一回事，于是当机立断，趁着他们乱哄哄，从中溜了出去。

　　这一战役，他们自己虽也损失巨大，但借助这一"刺猬战术"总算没有全军覆没。

三分钟的战争

1981年6月7日下午，以色列一个神秘的机场上停着8架将要起飞的轰炸机。

这几架轰炸机外形轻巧、美观，只是机身被涂成了灰黑色，有种阴森森的味道。

这时，机场上走来一队人，为首的一人身着飞行服，是位少校，后面15位与他服色式样一模一样，看来也是飞行员。与少校并行的那位，一身笔挺的军装，还是位将官呢！

只见他们来到轰炸机前便停了下来，那为首的少校向将官行了个标准的军礼。那将官不知在嘴里嘀咕了些什么，那少校拼命点头，神情十分严肃。不一会各位飞行员都各就各位，轰炸机一架架腾空而起。

这些轰炸机出发，为何这般神神秘秘，不让外人知道呢？

原来，早在一年以前，以色列就用红外线对伊拉克进行侦察。它利用两伊战争浑水摸鱼，派出轰炸机，侦察得知伊拉克即将建成1号核反应堆。

接着，他们又用尽各种办法摸清楚了目标的准确位置和识别标志。最后决定于1981年6月7日下午对伊拉克发起进攻。

至于为什么如此神秘，其实明眼人一看便知，偷袭嘛，当然是越神不知鬼不觉越好喽！

再说这8架轰炸机，沿着约旦和沙特阿拉伯的边界飞行。轰炸机的航线尽量充分利用雷达的盲区，以躲避被地面雷达发现。

以机采用超低空飞行，在一些容易被发现的区域灵活变换飞行高度。

眼看快要接近伊拉克了，少校始终绷紧着的眉头略略舒展了一点。

可就在这时，意外发生了。

其中一架轰炸机的飞行员由于稍一疏忽，在变换飞行高度之时，不慎

被约旦雷达站扫到。于是，约旦雷达站便马上向他们发出了警告。

眼看事情将要败露，少校的手心里也渗出了一丝丝的汗水。他努力控制住自己的情绪，以便不让自己去责备那个冒失的飞行员，一边飞速开动脑子，以求寻得最好的脱身之计。

突然他心头一亮，拿起了无线电对讲机，同约旦雷达站通起话来。

其余的飞行员见到少校此举，不由得心惊肉跳，在心里暗暗叫苦：莫非少校吓糊涂了，竟然要我们全部曝光吗？天哪，我们今天莫非命丧于此？

"喂喂，是约旦友国吗？我们是埃及友机。因迷失方向，请指示！请指示方向！"只听见少校用娴熟的阿拉伯语主动向约旦雷达站询问。

由于在雷达扫描器上显示的仅仅是个点而非实像，所以少校便说他们是商用运输机，前往伊拉克进行运货，说得头头是道，不由得你不信。约旦雷达站便也不再怀疑，让他们过了境。

所有的人都不禁舒了口气，回想起来还让人后怕得很。

少校用手轻轻拭去了额头上的冷汗。他咧嘴一笑，也忍不住为自己那瞒天过海的大谎而喝了声彩。若不是曾经学过阿拉伯语以备万一，今天也不会这么容易逃出此劫。

终于一路过关到了目标区，少校命令机队进入进攻状态。

少校俯身把左眼贴在轰炸瞄准器上，通过轰炸瞄准器，少校看到了非常熟悉的地形，就如同他反复研究过的资料一样。瞄准点在核反应堆的中心。这个中心点此刻正逐渐移近瞄准器的十字标线。

"目标找到了！"少校说，随即开动自动同步器计算时间。45秒钟后，他扭开无线电发出音响信号，表示15秒后要投弹。

随行的另两架轰炸机放慢速度使自己同投弹的几架轰炸机拉开约900米距离。接着它们开始盘旋为拍摄照片调整方位。

伊拉克1号核反应堆周围的人员和周围的天空一样平静，人们与往常一样做着自己的事情。

就在这时，少校命令位于左侧的轰炸机首先投放两颗电子制导的灵巧炸弹，炸弹精确命中目标，炸开了核反应堆的防护罩。紧接着5架轰炸机各投下两枚一吨重的超级炸弹。

顿时，地面的核反应堆上出现了一团蓝白色的强烈亮光，这团光由白

色转为粉红色，再转为蓝色。其他人似乎看到了五六种鲜艳的色彩。有些人只在一团白光中看到一道道金光，好像一个照相用的大闪光灯泡在地面闪光一样。

少校驾驶轰炸机在核区上空盘旋观测后，下令报务员用明码发回电报报告已经轰炸了第一个目标，目测效果良好。

当以军飞机丢下的炸弹在核反应堆上爆炸时，伊拉克才反应过来，可为时已晚。以军飞机从起飞到袭击结束，总共不到一小时，而进行袭击只用了三分钟。

伊拉克苦心经营了五六年之久、价值20亿美元的核反应堆，三分钟就化成了一堆废墟，而以色列却无一伤亡。

谷地空战

　　黎巴嫩的东部有一块奇妙的谷地，名叫贝卡谷地，位于终年积雪的沙岷山与希布伦山之间。这里土地肥沃，气候宜人，一年四季和风荡漾，花果飘香。

　　以色列对这块宝地早已垂涎三尺，一门心思想将它夺到手。只是他们心里也有几分忌惮，因为这些表面平和的葡萄棚下，藏有叙利亚的"萨姆-6"导弹。

　　这些导弹是苏联制造的，是以色列飞机的克星。第四次中东战争期间，以色列空军曾有23架飞机丧在这导弹之下。

　　不过话是这么说，贝卡谷地这一肥肉还是为以色列的几个头头所日思夜想。他们已经多次商量着如何去打它下来。

　　1982年6月9日下午，经过周密的策划，以色列各种类型的飞机96架，黑压压一片超低空飞来。又是空对地导弹，又是炸弹，又是机枪，直打得毫无准备的叙利亚导弹部队阵地上成了一片火海。

　　叙利亚受了人家侵略，岂肯善罢甘休？他们立即从国内起飞62架战机迎战。

　　这一仗打得天昏地暗。只是叙利亚缺乏准备，到底吃亏。

　　等到敌人退去，检点导弹阵地，原来以为隐蔽得很好的导弹阵地，十去二三，不是导弹被炸毁了，就是原来完好的阵地已被炸得千疮百孔。损失不可谓不小。

　　叙利亚国防部知道以色列的脾气，他们是些一不做二不休、死缠烂打的人，有了第一次，还会来第二次，打不下这块谷地决不罢休。于是连夜将国内导弹移来，重新布置阵地，准备第二天再与以军决一死战。

　　果然不出所料，第二天天还没亮，以色列的92架飞机再度飞临谷地，肆无忌惮地扫射轰炸。

一时间，满谷五色浓烟，起伏如潮，风雷之声，山摇地动，形势十分险恶。

叙利亚的飞机没有它多，但也不甘示弱，尽其所能，冲上去与来侵略的敌人拼个你死我活。

看，一枚"萨姆"导弹像长了眼睛似的，紧盯着以色列的飞机不放。以军飞机驾驶员技巧高明，立即作S形规避逃跑，可是导弹就像长了眼睛一般，也跟着它呈S形紧追不舍。飞机还未逃出30公里便被击中，炸了个粉身碎骨。

瞧，一架叙利亚飞机一头向以色列飞机碰去。轰的一声，两败俱伤，同归于尽。

啊，一架叙利亚飞机不慎被以色列飞机的空对空导弹击中，拖着一条黑线，一头向山谷栽了下去！

那黑乎乎的一点是什么？那是飞行员跳出逃生的降落伞！

地面上已是一片火海，飞机的残骸在燃烧，森林美丽的在燃烧，导弹基地也在燃烧……

但见谷地里红云千丈，烈焰腾空，满天火星密如骤雨。这时的贝卡宝地早成了一处人间地狱。

这一仗下来，以色列损失飞机10架，其中包括无人驾驶飞机和直升飞机6架；叙利亚则损失巨大，共损失飞机81架，直升飞机4架。

叙利亚原来科技没有以色列发达，损失较他们多，本在情理之中，但是数量上不会相差这么悬殊。这，到底是怎么一回事？

原来叙利亚的飞机都是从当时的苏联那里买来的。这些"米格-21"、"米格-23"，在那个时候可以算得上是绝对先进的飞机，本可以跟以色列狠狠打上一场。之所以这么不经打，是因为苏联怕外国买去后偷去了他的技术机密，故而将里面最先进的设备全部拆掉了。没了这些先进部件，这些"米格-21"、"米格-23"，表面上看仍是先进的军用飞机，实际上却犹如一般的战斗机，所以这个亏就吃得大了。

特洛伊城下的木马

公元前1260年，魁梧英俊的特洛伊王子帕里斯来到斯巴达王国，受到斯巴达王墨涅拉俄斯的热情款待。谁知特洛伊王子对美丽的斯巴达王后一见倾心，斯巴达王后也爱上了年轻英俊的特洛伊王子。两人合谋逃出斯巴达，双双来到特洛伊城。

斯巴达王得知特洛伊王子诱走了自己的妻子，气得暴跳如雷。这是关系到斯巴达王国名誉的大事，怎能不报这夺妻之恨！此仇不报，斯巴达王国的颜面何在！

斯巴达王墨涅拉俄斯将这事告诉了他的哥哥迈锡尼国王阿伽门农，阿伽门农对此也痛恨不已。弟兄俩商量了一番，决心报仇雪恨。他们联合了希腊的泰林斯、底比斯等国，集合了10万大军，分乘1 200条船只，浩浩荡荡地向特罗阿达海岸驶去。

联军到达特罗阿达沿岸，立即向特洛伊城发起进攻。特洛伊人出城迎战，但根本不是希腊人的对手。他们连忙逃回城里，凭险固守特洛伊城。

由于特洛伊一带地势险要，希腊人未能将特洛伊合围。特洛伊国王普里阿姆赶紧派出使者，向卡里亚、利季亚及其他地区的国王求援。这些地区的王国一向与特洛伊王国有着友好关系，纷纷派兵前来援救。

这下子形势发生了变化，双方势均力敌。希腊人发誓雪耻，不肯收兵，驻扎在特洛伊城外的海岸上；特洛伊人有了援军，不再害怕希腊人，坚守着特洛伊城。

有一次，希腊的一位将领率领着士兵到特洛伊城下叫阵，要与特洛伊的将领单打独斗。特洛伊国王不再惧怕，派出一员大将出城迎战。

两员战将在战场上打在一处，直斗得难分难解，双方的士兵摇旗呐喊，助威声响彻云霄。经过一番较量，两位将领谁也赢不了谁，只得收兵返回。

　　过了些日子，希腊人排成方阵，要与特洛伊人鏖战一番。特洛伊人和他们的援军毫无惧色，排好队伍跟希腊人对阵。

　　这场战斗直杀得天昏地暗、日月无光。双方战在一处，绞成一团，战场上尸横遍野，血流满地。从早晨直战到傍晚，没能分出胜负。看看暮色已经降临，希腊人和特洛伊人只得罢兵。

　　以后的日子里，战事一直不止。有时双方将领捉对厮杀，有时发生小规模接触。有时特洛伊人出城骚扰，有时希腊人攻打特洛伊的援军，有时双方摆好阵势进行大战。双方互有胜负，打得不亦乐乎。

　　战争进入僵持状态，一耗就是十年，这是希腊人始料未及的。希腊人左右为难，不知如何是好。继续打下去吧，未必能取胜，再说特洛伊人凭险固守，还不时出来骚扰，弄得大军穷于应付；就此罢战撤军吧，又实在于心不甘，前仇未报，现在又偃旗息鼓撤退，希腊人的威风何在！希腊人的首领迈锡尼国王将各国首领召来，商议今后的大计。

　　会议上，首领们大多不愿撤军，一定要攻下特洛伊城，重振希腊人的雄风。但是如何才能攻克敌人的城池，谁也想不出好办法。

　　奥德修斯将军经过深思熟虑，建议改硬攻为智取。他想出一个计谋：让士兵制作一匹巨大的木马，并四处传播消息，说这匹木马是献给女神的祭品，用这个说法消除敌人的疑点；让一些士兵悄悄藏在木马的肚子里，大军伪装撤退，将藏有士兵的木马留在海边。

　　希腊军撤退以后，特洛伊人一定会把木马运回城中，炫耀他们的胜利。到了半夜时分，可由城里的内应打开木马的机关，将马肚子里的士兵放出来。士兵立即打开城门，让隐藏在附近及时返回的希腊大军冲入城内一举消灭敌人。

　　此计一出，众人议论纷纷，多数人赞成，有少数人反对。听完大家的一番争论，迈锡尼国王决定采纳奥德修斯的计谋。

　　一切准备就绪，希腊人伪装撤退，隐蔽在附近岛屿的后面。特洛伊人见希腊人跑了，欣喜若狂，一边呼喊着一边奔向海边。他们见到这匹巨大的木马，感到十分惊异，这么大的木马，倒亏希腊人做得出来。

　　不出奥德修斯所料，特洛伊人果然中计，将这匹木马作为战利品运进特洛伊城。特洛伊人饮酒狂欢，庆祝自己的胜利，直到夜半时分，城里才渐渐寂静。

城里的内应不失时机地打开木马的机关，放出躲藏在马肚子里的希腊士兵。这些士兵立即到处放火，并且及时打开了城门。

酣睡中的特洛伊人被惊醒，看到四处火起，陷入一片混乱。隐藏在岛屿后面的希腊大军已乘着夜色掩护赶回，城门一开便呐喊着冲了进去。就这样，攻打了十年的特洛伊城终于一下子被攻克了。

希腊人攻进城后见人就杀，见东西就抢，全城一片火光，到处是仓皇失措的惊叫声。特洛伊人没法抵抗，许多人惨死在希腊士兵的屠刀之下。

经过这场战斗，特洛伊城被彻底摧毁。除了被杀的特洛伊人外，其余的全部被俘，沦为奴隶。

直至如今，人们谈到军事谋略，还常常提到3 000多年前希腊人设计的特洛伊城下的木马。

马拉松战役

　　大流士一世在位期间，波斯成了一个地跨亚非两大洲的强大帝国。他一心进行扩张，于公元前512年把势力伸向欧洲，控制了黑海的咽喉赫勒斯滂海峡(今博斯普鲁斯海峡)，迫使马其顿向他称臣纳贡，并妄图吞并整个希腊。

　　公元前492年，不可一世的大流士对希腊发动了侵略战争。这年春天，波斯大军从水陆两路气势汹汹地向希腊扑去，企图一举歼灭希腊军队，将雅典变为自己的殖民地。

　　哪知天有不测风云，波斯的三百艘战舰驶入希腊半岛的阿陀斯海角时，突然遇上飓风。巨大的战舰一会儿被掀上浪尖，一会儿跌入浪谷，不多时，大部分战舰沉入海底，两万多名官兵葬身鱼腹。陆军的进攻也极不顺利，军队在色雷斯一带受到当地人民的坚决抵抗，伤亡很大，于万般无奈中只得折回。

　　堂堂的波斯帝国居然没能攻下希腊，大流士实在于心不甘。第二年，他又凭借自己的强大实力，派出使者到希腊各城邦，索取当地的"土和水"。那意思是再明确不过的，是要希腊各城邦将锦绣河山拱手相让。希腊最强大的两个城邦是斯巴达和雅典。它们的当权者都被傲慢的波斯使者激怒了，发誓坚决抵抗。斯巴达国王命令士兵把使者拖到井边，指着井底对波斯使者吼道："井里有土又有水，你自己去取吧！"使者吓坏了，乞求饶命，士兵鄙夷地朝他看了一眼，猛地一使劲将他推入井中。雅典执政官听了波斯使者的无理要求怒不可遏，命人将使者绑起来拖上悬崖，抛下了万丈深渊。

　　消息传到波斯宫廷，大流士暴跳如雷：希腊人简直反了，竟然不把自己放在眼里！他吩咐自己的侍从，每当他进餐前，必须高声吆喝一声："国王，请记住希腊人！"提醒自己时刻不忘荡平希腊。

经过一番准备，大流士于公元前490年再次派大军进攻希腊。他派遣屡建战功的大将达提斯率领一支强大的舰队横渡爱琴海，首先攻占优卑亚岛上的爱烈特里亚城，然后以此为跳板，大军在离雅典城东北60公里的马拉松平原登陆。

雅典得到消息，一面紧急动员，做好战斗准备，一面派善于长跑的斐力庇第斯赶往斯巴达，请斯巴达派兵援助。

斐力庇第斯撒开他的飞毛腿，急速向斯巴达奔去。他以超人的毅力日夜飞奔，两天两夜赶到了斯巴达。到了斯巴达，他气喘吁吁，恳切地对国王说："我们都是同胞，请你们伸出援助之手，千万不要让希腊最古老的城市沦陷于敌人之手，使希腊人处在异邦人的奴役之下。"

斯巴达人与雅典人长期不和，矛盾极深，斯巴达的国王推脱道："时机不利，不宜出兵，我军须在月圆之后才能出发。"要到月圆之后，这还要等十天呀！雅典危在旦夕，等这么多天怎么行？斐力庇第斯一再向国王分析利害，请斯巴达立即出兵援救，斯巴达国王一心要雅典人的好看，就是不答应。

雅典军事执政官卡利马科斯得到这个消息，立即将十位雅典将军召来，一起商量对策。会上展开了激烈辩论，有人主张以防御为主，有人主张主动出击。双方相持不下，只得进行表决。没料想表决的结果是五票对五票，仍然没法作出决断。这时候，军事执政官卡利马科斯说出自己的意见便可决定一切。

主张出击的米太亚得急坏了，连忙把卡利马科斯拉到一边，急切地说："大人，雅典是被敌人奴役，还是作为一个自由的城邦，全看您如何决定了！"卡利马科斯略一思索，决定出击，并任命米太亚得为总司令，率领军队立即赶赴马拉松，跟敌人作殊死拼搏。

米太亚得到了马拉松，仔细分析了敌我双方的实力：波斯大军十万人，自己的官兵仅一万，相差太悬殊。要想击败敌人，不可硬拼，只能智取。他又察看了马拉松一带的地形，这里三面环山，山坡下是平原，波斯军队已经在那里安营扎寨。米太亚得立即传下命令，迅速占领山坡高地，抢占制高点。他将精锐步兵部署在两翼，正面战线的部队相对较弱。

9月12日黎明，决战即将展开，米太亚得激动地对官兵们说："雅典人是做奴隶，还是做自由人，一切都要看你们的了！"这铿锵的话语，激

发了官兵们的斗志。

米太亚得命令一支部队冲下山坡，向波斯大军发起佯攻。波斯军人多势众，很快就抵挡住了雅典军队的进攻，他们知道雅典军队势单力薄，奋力发起反攻。雅典军队边战边退，将波斯大军引入山谷。山谷路窄，波斯追兵拉得老长老长。

米太亚得见时机已到，命令两翼的部队发起攻击。刹那间，巨石飞滚，箭矢如雨。波斯军猝然遭到痛击，顿时乱了阵脚，纷纷后退。路窄人多，道路一时壅塞，山谷里的波斯军只有挨打的份。米太亚得不失时机地命令两翼的精锐部队包抄过去掩杀，将波斯军杀得哭爹叫娘，狼狈逃窜。敌人逃跑时自相践踏，死伤无数。

残存的波斯官兵逃到海边，已经溃不成军，他们急忙跳上战舰，打算拔锚启航。雅典军队尾随而至，与敌人展开了战舰争夺战，结果有七艘战舰被雅典军队俘获，其他的战舰载着残兵败将匆匆逃窜。

这一仗打得实在漂亮，雅典官兵只牺牲了192人，却歼灭了敌人6 000多。米太亚得兴奋万分，派斐力庇第斯将胜利的喜讯向雅典的军民报告。斐力庇第斯在战斗中受了伤，带着伤口向雅典广场飞奔。到了广场，他大声喊道："我们胜利了！大家欢乐吧！"随后他便倒地壮烈牺牲了。

白鹅拯救罗马人

　　自公元前5世纪起，罗马共和国在意大利日益发展，到了公元前4世纪末，罗马的力量已经十分强大。它不仅统治了意大利中部，还控制了毗邻的民族，提高了自己在各部落间的地位。

　　罗马西北部的高卢人不甘示弱，要与罗马人一争高低。他们不断地向南推进，一直攻到离罗马仅200公里的克鲁新城附近。

　　形势十分危急！罗马元老院立即召开会议，派出三名使节去见高卢人的首领高林，希望他立即退兵，避免双方发生冲突。狂妄的高林瞪大了眼睛对罗马的使节说："告诉你们元老院的那群老废物，再过一百天我就要攻进你们的罗马城！要我退兵，办不到！你们要是有本事，就在战场上一比高低。"

　　罗马的使节被噎得说不出话，愤愤离开了高卢人的大营。在返回的途中，一名使节拉满弓搭上箭，"嗖"的一声射死了尾随着的一名高卢酋长。

　　高林得到消息，气得七窍生烟。他立即派人前往罗马，要罗马人交出三名使节由他们处置。罗马人一口回绝了高卢人的要求，高卢使节悻悻返回大营。

　　听了使者的禀报，高林按捺不住胸中的怒火，亲自率领七万大军，直向罗马挺进。形势剑拔弩张，一场恶战在所难免。

　　公元前390年7月18日，双方在距罗马城不远的河边展开激战。高卢人体格健壮，作战十分勇敢，有的手持长矛，有的拿着大刀，高声呐喊着直往前冲，即使受了伤也不后退。罗马人渐渐抵挡不住，被敌人压到河滩边。高卢人奋力追杀，罗马人没了退路，纷纷跳河逃命。湍急的河水夺去不少罗马官兵的性命，部分官兵逃回罗马城中，在一片混乱之中，竟然没人去把城门关上。

溃军逃进城，还打算弃城向南逃。执政官曼里喝住了败兵，激昂地说："罗马是我们的都城，再逃就要亡国了！"他立即重新整顿人马，决定把军队带到罗马城后的卡庇托林山冈上。那里一边是较为平缓的山坡，一边是悬崖峭壁，易守难攻。只有到那里坚守，才能挫伤敌人锐气。能把卡庇托林山守住，罗马城就没有全部丢失，收复罗马就有希望。

曼里将一切安排妥当，连忙赶到元老院，请元老们立即动身，到卡庇托林山上避难。哪知元老们一个也不肯离开，决心与元老院共存亡。曼里无奈地扫视了执拗的元老们一眼，率领队伍上了卡庇托林山。

高卢人来到了罗马城外，见城门洞开，不知他们葫芦里卖的是什么药，反倒没了主意。为了这件怪事，高林一夜没合眼。他左思右想，想不出个所以然。要是罗马人打算固守，理当关上城门；要是打算投降，应当派人出来谈判。城门洞开，莫非有什么诡计？他怎么也想不到，是罗马人在慌乱中忘了将城门关闭。

第二天一早，侦察的人去了一趟又一趟，都说不见城内有什么动静。后来高林一狠心，命令军队冲进城。事情完全出乎高林的预料，城里根本没有埋伏一兵一卒。街道上空荡荡的，不见一个人影。高林领兵来到市中心的广场，看到元老们一个个穿着节日的盛装一动不动地坐着。他杀心顿起，命令部下将这些手无寸铁的元老杀个罄尽。

这时候，部下跑来向他报告，全城的军民都上了卡庇托林山。高林连忙集合队伍，迅速冲到卡庇托林山下。高林骑马来到山前，发现正面是陡峭的悬崖，没有办法往上攻，他又骑马绕山转了一圈，发现另一面的山坡较平坦，可以往上攀登强攻。

高林一声令下，高卢官兵费劲地往山上爬。刚到半山腰，无数巨石挟着风声隆隆而下，砸到就死，擦到便伤，高卢官兵没法继续往上攻，只得退下山来。

一连几次强攻，都被罗马人击退。高林改变了主意，将卡庇托林山紧紧包围，打算困死固守在山上的罗马人。

曼里率领罗马军民驻守在山上，思量着如何对付围困自己的高卢人。最好的办法是偷偷派人下山，到附近寻找援军。下山的任务落到一个名叫波恩的年轻人身上，他于夜半时分冒着生命危险拽着葛藤慢慢坠至山下。不料他的行动被巡逻的高卢兵发现，脚一落地便被高卢人用利剑顶住。波

恩打算夺剑而逃，立即被高卢人刺死。

高林闻讯匆匆赶到。他为此兴奋不已：罗马人能从这里爬下来，自己的官兵为什么不能从这里爬上去偷袭？对，就这么办，发起偷袭准行。

第二天夜里，高林亲自带领官兵沿着悬崖往上攀登。快到山顶了，高林心里又紧张又高兴。没想到山顶附近有群鹅，是罗马人献给女神的，鹅群受到惊扰，"嘎——嘎——"地叫唤起来。鹅群的叫唤声惊醒了罗马官兵，他们连忙操起武器，朝鹅叫方向奔去。

曼里跑到山崖边，看到一个黑影从山崖下费力地爬了上来。曼里不等他站稳，一剑猛刺过去，只听得一声惨叫，那个高卢人落下了崖底。第二个一露头，曼里一剑劈去，将那人劈下悬崖。罗马官兵有的用长矛戳，有的用利剑刺，将偷袭的高卢人杀尽。高林也没能逃脱，摔下悬崖毙命。

击退了敌人的偷袭，罗马人加强了戒备。高卢军将卡庇托林山包围了七个月，罗马人也没投降。冬季到了，北风劲吹，雪花飘飘，高卢人没法再坚持，主动要求谈判。双方签订了和约，战争终于结束。

后来，罗马人在广场上雕了一座白鹅塑像，感谢它在最危险的时候拯救了罗马人。

斯巴达克起义

罗马的奴隶制中，处境最悲惨的要数角斗士。角斗士是由奴隶主选择强壮的奴隶训练而成的。他们进入竞技场，或捉对厮杀，或与猛兽搏斗。奴隶主最爱看的是人兽相斗。按规定，角斗士必须将猛兽杀死才能活命，即使角斗士将猛兽击成重伤，自己受伤后无力将猛兽杀死，角斗士和猛兽都要被处死。这血淋淋、令人毛骨悚然的打斗场面，却使王公贵族们兴奋不已，高兴得大喊大叫。

公元前73年，爆发了角斗士斯巴达克领导的奴隶起义。

那年夏天，斯巴达克联合了200多名角斗士准备扯起造反的大旗，不料内中出了叛徒，向奴隶主告了密。斯巴达克当机立断，立刻率领78名同伴，击杀了角斗士学校的卫兵，向几十里外的维苏威山奔去。那里山高坡陡，只有一条崎岖小道可以通往山顶，他们在那里安营扎寨，扼守着起义营地。星星之火，可以燎原，附近的奴隶纷纷起义，爬上维苏威山，接受斯巴达克的领导。没过多久，起义军便发展到1万多人。

这下子急坏了罗马元老院，他们派出3000名官兵封锁住通往山顶的惟一道路，企图将起义军困毙在山顶。

斯巴达克怎肯坐以待毙！他让战士用野葡萄藤编成软梯，从悬崖处直下谷底，将部队转移到山下。夜半时分，万籁俱寂，斯巴达克率领起义军绕到敌军背后发起突袭。这可真是兵从天降，敌人的兵营立即炸开了锅，不多时，3 000官兵几乎被全歼，敌将克罗狄匆忙间跳上战马才保得一条性命。

起义军横扫坎佩尼亚平原，很快就控制了那一带的广大地区。罗马元老院连忙派遣瓦伦涅率领两个军团，兵分三路前往镇压。

瓦伦涅不是等闲之辈，虽然在与起义军交战时损失了几千人，却利用起义军的疏忽，在一处山地将起义军包围。瓦伦涅得意洋洋，打算一举将

起义军消灭。

斯巴达克发现这一情况，临危不乱。几经思索，他终于想出了一条妙计。

他命人将敌人的一具具尸体绑在树干上，并在附近点起篝火，远远望去，影影绰绰中活像站岗的哨兵。敌人未见异状，打算第二天一早发起攻击。

天亮以后，瓦伦涅发现中计，领兵冲进起义军的营地一看，营地里已经空无一人。原来，斯巴达克作好迷惑敌人的布置后，率领大军悄无声息地沿着羊肠小道突出了敌人的包围圈。

瓦伦涅气得七窍生烟，命令部队迅速追击。他又上当了，斯巴达克料知他不会善罢甘休，一定会急不可耐地追赶过来，便在半路设下埋伏。瓦伦涅走进起义军的埋伏圈，斯巴达克一声呐喊，起义军便一跃而起向敌人发起冲击。敌人猝不及防，匆匆应战，不一会儿便被击溃。瓦伦涅知道不妙，掉头就跑，好不容易才逃了出来。这一次他败得更惨，连自己的卫队和坐骑都被起义军俘获。

打完这一仗以后，起义军转入意大利南方。起义军的队伍不断发展，这时已有7万人。斯巴达克的作战经验越来越丰富，组建了骑兵团、重装步兵队和轻装步兵队。

公元前72年，罗马元老院派执政官波泼里科拉和连图拉斯亲自率兵镇压。斯巴达克率领起义军北上，冲破敌人的堵截，来到阿尔卑斯山下。这时候，起义军已经发展到12万人。

斯巴达克本想率领部队越过阿尔卑斯山，但阿尔卑斯山山高坡陡，山顶终年积雪，辎重无法带过去。他终于放弃了翻过大山进入北高卢的计划，掉头挥师南下。

罗马元老院得到斯巴达克抵达阿尔卑斯山脚下的消息，不由得松了口气。起义军越过阿尔卑斯山，便到了意大利境外，往后不必再为镇压起义大军操心。后来听说起义军又杀回来了，立即乱作一团。他们希望重新选出一名有才能的执政官，彻底扭转战局，可是大家互相推诿，谁也不敢担当这一以往抢都抢不到的高位。可是，总不能一盘散沙似的无人统领，元老院最终推举克拉苏为执政官，并委以"狄克推多"(独裁者)的大权，一切服从克拉苏的指挥。

　　克拉苏生怕罗马有失，在通往罗马的道路上设下重兵。克拉苏也失算了，斯巴达克率军绕过罗马城，重新回到意大利的南部。斯巴达克打算率军渡过墨西拿海峡，前往西西里岛，但因种种原因，这一计划未能实现。

　　克拉苏调集了全国大部分兵力跟起义军作战，起义军在兵力上处于劣势；起义军的队伍扩大了，转移起来也没有过去那样方便。几经战斗，起义军被压迫在意大利最南端三面环海的勒佐半岛上。克拉苏命人在半岛的北端开挖了一条深、宽各有四五米的深沟，并且筑起了一道高大的土墙，企图将起义军困死在半岛上。

　　一个风雪交加的夜晚，斯巴达克让一部分起义军点起篝火载歌载舞，吸引敌军的注意力，大部分起义军用滚木、泥土填平一段壕沟，翻过土墙，突出了重围。

　　公元前71年秋，斯巴达克与克拉苏在阿普里亚一带决战。战到黄昏时分，起义军杀敌无数，自己也有6万多人壮烈牺牲。正当斯巴达克率领余部进行顽强拼斗时，一名罗马军官从背后刺中了斯巴达克的腿部。斯巴达克一下子跌下马来。部下将他救起，并找来一匹骏马，要他骑马突围逃走。斯巴达克不忍扔下生死与共的部下，毅然杀死了战马，决心和部下一起血战到底。

　　斯巴达克腿部被刺伤，站立不稳，只得一手握剑，一手举盾，屈下一条腿拼杀，终于体力不支，壮烈地牺牲在战场上。

李牧智战匈奴

战国后期，匈奴十分强盛，经常骚扰赵国边疆，赵王于是派李牧前去镇守代郡，抵御匈奴的侵扰。

单于听说李牧前来，心里大吃一惊。他久闻李牧的大名，知道他用兵如神，而且骁勇善战，不由得提高了警惕。

单于想先探探李牧的虚实，便派了一名叫花剌的将军带两千兵马前去会会李牧。

他原以为花剌此去定是有去无回，没想到花剌非但没死，还凯旋而归。这倒令单于大惑不解，便叫来花剌询问战况。

花剌一脸的得意，笑道："大王，那李牧没用极了，他带的军队更是豆腐一般。我军才到就与他们交战，我本来还战战兢兢怕一不小心会全军覆没，却不料他们打不了一会儿，就吓得跑掉了。早知他们这般窝囊，我就不该带那么多人前去，我看只带一千人马便能将他们消灭。"

这花剌素来喜欢吹牛，单于听他说得天花乱坠，自然心里高兴，却又不甚相信这有名的李牧真的会如此不堪一击。于是他派了另一名大将带领两千人马再去会会李牧。

谁知这次更是不得了，竟然让他们轻而易举地夺下一个关口，抢回了许多珠宝牛马。

单于看了真是喜不自禁，想：那李牧原来是浪得虚名，早知如此，当初也就不用空担此心了。因此便放松了警惕。

李牧听探马来报，说单于因为赢了几仗，心中一得意就夜夜纵歌喝酒。他军中的士兵也常常斗酒划拳，喝得个烂醉如泥，不省人事。

李牧心中暗喜，便对手下人说："现在，快去请众将军来我营帐，共同商议大事。"

众将军近来脾气大得很，原因很简单，他们都在埋怨李牧的"无能"，害得他们老是吃败仗。

李牧见众将军个个都绷紧了脸，便知他们的心思，并不在意，朗声说道："众位将军坐下说话！"

将军们心里有气，话也不说，纷纷落座。

他爽快地说道："我请众将军来，是想商议征伐匈奴之事。"

旁边的一个将军冷冷道："恐怕是商议如何打败仗之事吧！"

李牧回头一看，原来是洪全将军，答道："将军言重了。我李牧虽不才，但仍是精忠报国的，又怎会去长匈奴志气，灭自己的威风呢？"

洪全一听，"唰"地站起来，怒道："将军说得好听，请问将军，你为什么老是让我们打败仗，还让匈奴夺去了一个关口？别人都说将军用兵如神，我看哪，嘿嘿嘿嘿……"

李牧温和地拉着洪全坐下，说道："我知道众位将军定是为这几天的战事发愁，这都是我不好，没有告诉你们实情。其实我并非想打败仗，而是我分析过：匈奴人多，而且个个骁勇善战，若是硬拼，我军未必是他们的对手，所以只能智取。于是我就想到要麻痹他们，让他们以为我军不堪一击，叫他们掉入我们的圈套之中。无奈当时事起仓促，我来不及向众位将军解释清楚，还望诸位原谅。"

众将军听他一说，心中油然而生一股敬意，纷纷说道："将军高明，我们才是惭愧之至，还请李将军别放在心上才是。"

于是，大家心中释然，关系更加亲密，共同商议退敌大计。

几天后，李牧见火候已到，便决定利用敌人的麻痹心理，引诱敌人出战。他让边郡民众都出去放牧牲畜，并派出军队前去保护那些民众和牲畜。

匈奴派一支小分队前来进行骚扰，赵军抵挡几下，便假装战败，逃回营垒，还故意丢下了一部分牛羊，任匈奴抢走。

单于尝到了甜头，又见赵军如此不堪一击，便亲自率领大军向赵国的边郡大举进犯，企图闯入边郡。

李牧得到了确切的情报，便马上将兵力分成两部分，从敌人的两翼包抄过去，想把匈奴的军队一网打尽。

一向轻视赵军的匈奴部队，正大摇大摆、目中无人地向赵军营地开来。

他们突然受到了赵军的包围，起先还不当作一回事，只道他们不堪一击，谁知赵军越战越勇。匈奴顿时慌了手脚，只顾左右冲杀，企图杀出重围。

可是不管匈奴如何竭尽全力地拼杀，匈奴主力还是被赵军杀个片甲不留。

直到这时，单于才真正醒悟过来：李牧不愧是个军事家，自己根本不是他的对手。

奥尔良的女儿

15世纪初，英国利用法国奥尔良公爵集团和勃艮第公爵集团的内讧，派遣6万大军从诺曼底登陆，大举入侵法国。英军长驱直入，迅速占领了法国首都巴黎和卢瓦尔河北的大片法国领土。法军内部勾心斗角，失去了战斗力，不战自退。到了1422年，在法国南方即位但未加冕的法国国王查理七世只控制了卢瓦尔河以南的国土。1428年10月，英国集中兵力攻打通往南方的门户奥尔良城。一旦将奥尔良攻克，英军便可席卷法国领土。只有保住奥尔良城，法军才有扭转战局的希望，否则法国将彻底崩溃。

在法兰西民族生死存亡的紧急关头，查理七世和他的大臣们惊慌失措，不知如何是好。但是，被占领区的广大人民群众组织起来，跟敌人展开了游击战，不断对侵略军进行骚扰，狠狠打击了侵略军。贞德，就是从反抗群众中涌现出来的女英雄。

贞德生于法国东北部一个笃信宗教的农民家庭，从小受到严格的宗教教育。由于家境贫困，她从小就当牧童，经过大自然的锻炼和考验，贞德养成了不畏艰险、敢于斗争的性格。13岁时，英军占领了她的家乡，到处烧杀掳掠，当地居民在敌人的铁蹄下过着十分凄惨的生活。贞德在这危急时刻，决心请缨杀敌，拯救法兰西。

自1428年起，她几次求见查理七世，请求率军御敌。几十万大军都被英国军队击溃，一个十七八岁的弱女子又能有何作为？查理七世不理不睬，不肯接见这个誓死报国的姑娘。万般无奈之下，贞德伪称上帝显圣命她去解救奥尔良，查理七世才半信半疑地于1429年3月8日晚接见了这位"圣女"。贞德见了查理七世，晓以民族大义，并提出了自己的主张。查理七世听了贞德的意见，觉得这位姑娘说得处处在理，但他仍不放心，将贞德的主张带到皇家会议。皇家会议委托一些贵族和神父组成审查委员会，对贞德进行了严格审查，大多数人认为贞德的主张在理，确实是上帝

显圣命她拯救法兰西。

　　查理七世听了审查委员会的报告后，于4月27日任命贞德为"战争总指挥"。贞德身披盔甲，骑着白马，率领6 000名法国官兵向已被围困了半年的奥尔良杀去。

　　到了奥尔良城下，贞德派人侦察，找到了围城敌军的薄弱处。她一马当先，向敌军的薄弱环节发起进攻。贞德手握长矛，腰悬利剑，带头冲入敌阵。法军官兵深受贞德的鼓舞，齐声呐喊着冲向敌人。

　　法军一阵猛冲猛杀，把猝不及防的英军打蒙了头。英军怎么也弄不懂，一向望风而逃的法军今天怎么变得如此神勇！英军无法抵御，仓促间四处逃命。城内守军见状士气大振，乘机杀出城外，接应贞德率领的援军。英军受到里外夹攻，彻底崩溃，贞德率领援军进入奥尔良城内。奥尔良的居民手持火把挤在道路的两旁，争睹这位法兰西女英雄的风采。

　　首战告捷，虽然煞了敌人的威风，长了奥尔良人的志气，但是，危机并没有解除。英军连忙加固了防御工事，紧缩了对奥尔良的包围圈，奥尔良的局势仍然不容乐观。要解救奥尔良，必须摧毁敌人的防御体系，打破敌人对奥尔良的包围。

　　贞德亲自到前沿阵地观察，发现英国围城的各部队虽然固守着堡垒和要塞，但各部队缺乏统一的指挥，互相之间缺乏支援。贞德考虑再三，决定集中优势兵力，将围城的英军各个击破。

　　5月4日，贞德率领大军出城，直扑城东的桑鲁要塞。半年以来，城里的守军疲于防御，没有力量出城交战，贞德领军攻打要塞，使驻守的英军大吃一惊，只得仓促应战。贞德率领法军向要塞发起猛攻，双方展开了激烈的白刃战。经过半天的浴血奋战，法军终于夺下了桑鲁要塞。

　　贞德不给敌人喘息的机会，于5月7日向坚固的屠棱要塞发起进攻。战斗打响后，法军官兵跟随手执军旗的贞德冲到了屠棱要塞的城堡下。士兵架好了云梯，贞德率先往上攀登，其他官兵大为振奋，架起云梯从别的地方向上爬。英军连忙放箭，突然，一枝箭射中了贞德的肩头，她的身子晃了两晃，从云梯上跌下，顿时昏了过去。士兵们连忙跑过来，将她抬下战场进行急救。

　　一阵激烈的厮杀声将贞德惊醒，她一跃而起，重新冲上战场，登上云梯。法国官兵见主帅重返战场，勇气倍增，争先恐后地爬上敌人城堡，在

城头上与敌人展开白刃战。

战斗越来越激烈。城头上的敌人多，登上城头的法军少，不少法国士兵阵亡，但是法国官兵不断登上城头，与英军杀成一团。城头上尸身累累，两军官兵仍然战在一处。

攻坚战相持了许久。贞德身边的法国将领见久攻不下，信心有些动摇，建议暂时收兵，明日再战。贞德朝他瞪了一眼，振臂高呼："勇敢地战斗吧，胜利就在前头！"法国官兵齐声响应："往前冲！向前冲！"

法军的气势倍增，以一当十地与敌人搏斗，英军终于抵挡不住，退下城头。法军冲进要塞继续拼斗，终于在傍晚时分攻下了屠棱要塞。

第二天，贞德率领法军继续战斗。英国侵略军被法军锐不可当的气势压倒，丧失了斗志纷纷逃窜。这一天，英军连失60余座堡垒，对奥尔良的包围彻底崩溃。

最终，奥尔良战役以法军大获全胜而告终，法军从此进入反攻阶段。奥尔良人民对贞德极其爱戴，称她为"奥尔良的女儿"。

奇怪的羊群

1914年，在法国兰斯附近正在进行着一场战斗，法国和德国的炮队正互相发动进攻，一枚枚炮弹落在对方的阵地上。时间不长，法国方面便被德国人的炮火给压住了，法国人已经坚持不下去了。

法国炮兵队长华斯大声喊道："快撤，快撤！"一听到这个命令，士兵们争先恐后地收拾起自己的武器，快速地向东面移动。法国炮队像一条长蛇沿着平原蜿蜒前行，他们现在要做的是保存实力，以迎接新的战斗。

在经过一片树林的时候，华斯看了看自己的手表，他们已经走了1个多小时，估计敌人不会知道他们的去向。华斯一挥手，让所有的士兵停下来休息。

士兵们分头散坐在树林中，有的人拿出带来的水，仰起脖子喝了起来，有的人开始吃起干粮，也有的人睡着了，这种急行军的确让人吃不消。

可就在这时候，突然响起了一声轰鸣，不知从哪儿冒出了一枚炮弹，在士兵中间爆炸了。"卧倒！卧倒！"一时间，法国的士兵根本弄不清怎么回事，他们趴在地上，互相询问着。紧随其后，又是一枚炮弹落在树林中。法国士兵中有人当场倒在地上，再也没起来。

看样子是敌人发现了法军的藏身之处，他们把炮口瞄向了树林。"保持镇定！"华斯吩咐道："大家跟着我，朝树林外慢慢地挪动！"

在华斯的指挥下，大多数士兵和武器都得到了及时的转移。逃出险境后，华斯暗暗奇怪，这是怎么回事，敌人怎么这样快便知道了自己的行踪，或许是一种巧合吧。华斯安慰自己。

部队又前进了1个钟头，当部队休息的时候，敌人的炮火又再次袭击了他们。不可能是巧合！难道是队伍里出了奸细？不像，没有人能这么快地把部队的行踪告诉敌人，士兵们没有一个离开过部队。

华斯喊来了一名手下，命令他："去周围看看，有没有什么不对头的

地方，有没有什么人跟着我们！"

士兵领命去了。半个小时后，士兵回来报告说，没有任何异常情况。难道出鬼啦！敌人有了千里眼！华斯沉默了片刻，他托着下巴说："这样吧，你再带上几个人，留在这里，四下里多打探打探！"

炮队继续朝前走。又是一段时间过去了，出去打探的士兵都归队了，他们依旧没发现什么，只是有个士兵随便说了句："四周挺安全的，我只看到一个牧羊人在放羊。"

"牧羊人？羊群？"华斯皱起了眉头："不可能，这儿可是炮火最集中的地方，难道牧羊人不晓得，他不想活了。来人呀，去把那个牧羊人给我抓来！"

20分钟后，牧羊人被带来了。牧羊人嘀嘀咕咕地嚷道："干什么抓我，放羊也犯法吗？"

"少啰嗦！"押着牧羊人的士兵用枪托推了下牧羊人。牧羊人来到了华斯的面前，用浓厚的地方口音问道："长官，你不能连个放羊的也不放过吧！"

华斯倒背着手，围着牧羊人转了几圈，仔细打量着对方。对方的样子实在不像个间谍，可牧羊人跟着部队又是为什么呢？华斯突然发现牧羊人胸口鼓鼓的，就伸出手，便要去扯开牧羊人的胸口。牧羊人吓坏了，他猛地倒退几步，死死捂住胸口，结结巴巴地说："你们这是干什么！"

华斯朝士兵使了个眼色，立刻上来两个人，其中一个抱住了牧羊人，另一个扯开了他的上衣，从牧羊人的上衣里滑出一大笔钱。

牧羊人看见胸口的钱都掉落在地上，他脸色苍白，一下子跪在地上，连声喊着："将军，饶命！将军，饶命！"华斯吼道："讲，这钱是哪儿来的！"原来，德国的军队收买了牧羊人，让他的羊群始终和华斯的炮队保持平行，这样一来，站在高处的德国士兵就能用望远镜看见羊群，再推测出华斯部队的准确方位。华斯恍然大悟，他一把揪起了牧羊人，呵斥道："我应该怎样处罚你？"

"将军大人，请你放过我，我愿意为你做任何事！"

华斯突然眼睛一转，计上心头。他吩咐一个士兵，让他押着这个牧羊人把羊群赶到其他的地方去，然后部队继续前行。半个小时后，华斯听到德军的炮火在远处响开了，他不由得露出了快乐的笑容。